De Cock en de dode tempeliers

A.C. Baantjer

De Cock
en de dode tempeliers

Fontein Paperback

ISBN 90 261 1594 6
Nugi-code 332

Omslag: Twin Design bv, Culemborg
Foto omslag: Peter Firet, De Bilt
Grafische verzorging: V3-Services, Baarn

1

Rechercheur De Cock van het aloude politiebureau aan de Amsterdamse Warmoesstraat stapte die morgen, tegen zijn gewoonte in, redelijk op tijd de grote recherchekamer binnen. Hij was in een uitstekend humeur. Jolig zwaaide hij zijn oude hoedje missend naar de kapstok en trok zijn regenjas uit. Toen jas en hoed op hun plaats hingen, liep hij naar zijn bureau, ging zitten en leunde behaaglijk in zijn stoel achterover. Zijn grijze ogen twinkelden en de grillige accolades rond zijn mond dansten een samba.
'Wat hoorde ik van mijn vrouw... het is uit met Edmay?'
In zijn stem trilde een bedekte jubel.
Vledder, zijn onvolprezen hulp, knikte traag. De jubel in de stem van zijn oude collega ontging hem niet. Het verbaasde hem. Over zijn jong gezicht gleed een sluier van verdriet.
'Ben je er blij om?'
'Hoezo?'
'Zo klonk het.'
De Cock schudde zijn hoofd.
'Ik gun je al het geluk van de wereld... met wie ook.'
Vledder liet zijn hoofd hangen.
'Gisteravond vertelde Edmay mij dat ze verliefd was geworden op een ander. Ik moest het even aan iemand kwijt. Dus belde ik jouw vrouw.'
De Cock knikte begrijpend.
'En die had een gewillig oor.'
'Ja, gelukkig. Ze toonde in ieder geval meer begrip en medeleven dan jij.'
De Cock negeerde de opmerking.
'Wie is die ander?'
Vledder trok zijn schouders op.
'Een jongeman die ze op haar kantoor heeft ontmoet en met wie ze door haar werk dagelijks contact heeft.'

'En dat contact is uitgegroeid tot een wederzijdse verliefdheid?'
'Zoiets... ja.'
De Cock spreidde zijn handen in verbazing.
'En jullie hadden serieuze trouwplannen... ik zou jouw getuige zijn.'
Vledder zuchtte diep.
'Dat klopt. Ik had me er helemaal op ingesteld... een verder leven met mijn Edmay... mijn eigen Edmay. Ik heb geen moment aan de mogelijkheid van een scheiding gedacht. Dat bestond voor mijn gevoel niet. Het was dan ook alsof ik een klap in mijn nek kreeg toen ze me vertelde dat ze van een ander hield. Ik was minutenlang niet in staat om iets te zeggen... alsof mijn kaken verstijfd waren.'
Hij zweeg even.
'Wat me het meeste pijn deed,' ging hij bedroefd verder, 'was haar houding. Geen enkele blijk van emotie... van verdriet. Koel, bijna zakelijk... het spijt me... ik heb een ander. Verder geen uitleg.'
'Ook geen verwijt?'
'Nee.'
De Cock keek hem onderzoekend aan.
'Je had dit echt niet verwacht,' vatte hij samen.
Vledder zuchtte opnieuw.
'Geen moment.'
De jonge rechercheur maakte een onzeker gebaar.
'Ach,' ging hij verdrietig verder, 'het ging de laatste tijd wat stroef. Dat is waar. Edmay was vaak kribbig. Ongeïnteresseerd. Een paar maanden geleden nog keek ze regelmatig de woonkrant na of er ergens een voor ons geschikt huis te koop was.'
'Die interesse verdween?'
Vledder knikte.
'Ik merkte dat wel op, maar ik heb het niet geïnterpreteerd, daar geen conclusies aan verbonden. Ik heb eerlijk gezegd ook niet naar oorzaken van haar veranderend gedrag gezocht. Ik dacht: dat is tijdelijk, dat gaat wel weer voorbij. Bovendien had ik de laatste tijd met jou hier aan de Warmoesstraat wel andere

dingen aan mijn hoofd dan perikelen met mijn relatie, een relatie waarin ik, voor mijzelf, rotsvast geloofde.'
'Dat kon niet stuk.'
'Precies.'
De Cock maakte een berustend gebaar.
'Wees blij dat de breuk nu is gekomen. Als jullie eenmaal officieel in de echt waren verbonden, was het effect nog schrijnender geweest.'
Vledder trok zijn schouders op.
'Ik ben niet erg gelukkig in de liefde,' sprak hij somber. 'Céline liet mij een paar jaar geleden in de steek voor een nette accountant met een goed salaris. Ik denk dat ook Edmay heeft gekozen voor een man met een rustige baan, een baan tussen negen en vijf en een hele reeks fleurige atv-dagen.'
De Cock trok een denkrimpel in zijn voorhoofd.
'Zou dat een overweging zijn?' vroeg hij ongelovig.
Vledder knikte overtuigend.
'Welke verstandige meid wil er nog een rechercheur als man?' vroeg hij wrang. 'Een sober salaris en dag en nacht op pad.'
De Cock glimlachte.
'Ik zal eens,' sprak hij vriendelijk, 'voor je uitkijken, naar een sterk verjongde uitgave van mijn vrouw. Een ongeregeld leven gekoppeld aan een sober salaris heeft haar nooit gedeerd.'
Vledder schudde zijn hoofd.
'Dat is geen eerlijke vergelijking. Jij zocht en vond een vrouw in een bijna grijs verleden. De man was toen nog onbetwist hoofd van het gezin, kostwinner en heer des huizes. Vrouwen waren ten opzichte van hun man nog lief, gedwee, onderdanig en volgzaam.'
De Cock trok zijn gezicht strak.
'Je vergeet nog een eigenschap, ze waren ook trouw.'
'Het is een andere tijd,' reageerde Vledder heftig. 'Vrouwen zoeken nu op eigen kracht en inzicht naar geluk en een goed bestaan. Ze geloven niet meer in een ridder op een wit paard, van wie ze verwachten dat hij hen galopperend naar een lang en gelukkig leven zal leiden.'
De jonge rechercheur schudde grinnikend zijn hoofd.

'Die ridders zijn er niet, zijn er nooit geweest. Ook in jouw tijd niet.'
De Cock tikte lachend met zijn wijsvinger op zijn borst.
'Ik was zo'n ridder.'
Vledder grijnsde.
'Jij hebt,' sprak hij opgewonden, 'al het geluk van de wereld gehad dat je een goede vrouw trof. Dat jij nu al zoveel jaren een lief en gelukkig huwelijksleven leidt, heeft met jouw vermeende ridderschap geen moer te maken.'
De jonge rechercheur keek zijn oude collega gnuivend aan.
'Ridder,' sprak hij minachtend, 'ik geloof niet eens dat jij weet hoe een paard eruitziet.'
De lach van De Cock verstomde. Er werd op de deur van de grote recherchekamer geklopt, zacht, bescheiden. De oude rechercheur keek verstoord omhoog naar de grote klok. Het was pas kwart over negen. De dienst was nauwelijks een kwartier oud. De grijze speurder gromde. Hij had er nog geen zin in, geen zin in moeilijkheden en problemen van een ander. Het liefst had hij de discussie met zijn jonge collega nog even voortgezet.
Vledder riep: 'Binnen!'
De deur ging langzaam open en in de deuropening verscheen de gestalte van een slanke vrouw. De Cock schatte haar achter in de dertig. Ze had zwart glimmend haar in een strakke pony. De kraag van haar wijde groene loden mantel stond omhoog en bedekte een gedeelte van haar gezicht. Onder haar rechterarm klemde ze een tasje.
Aarzelend bleef ze staan, blikte schichtig om zich heen en schrok zichtbaar toen de dranger de deur van de recherchekamer achter haar dichtdrukte.
De Cock nam de vrouw secondenlang in zich op. Haar gestalte met een iets gebogen rug had iets tragisch. Hij kwam wenkend overeind en wees naar de stoel naast zijn bureau. Op haar korte groene laarsjes trad ze schoorvoetend naderbij. Ze trok haar mantel dichter om zich heen en ging zitten. De lange slanke handen waarmee ze het tasje op haar schoot zette, trilden.
De Cock maakte een lichte buiging in haar richting. Daarna liet

hij zich weer in zijn bureaustoel zakken en toonde zijn beminnelijkste glimlach.
'Waarmee zou ik u van dienst kunnen zijn?' vroeg hij hoffelijk.
Ze keek naar hem op. Onder haar zwarte pony zag haar gelaat gelig bleek als doorschijnend albast. Haar grijsgroene ogen waren donker omrand en om haar mond lag een krans van kleine rimpels.
'U bent rechercheur De Cock?'
Haar stem had een onaangename klank.
De oude rechercheur knikte.
'De Cock met... eh, met ceeooceekaa,' antwoordde hij vriendelijk. 'Het is een onhebbelijke gewoonte van me om mijn naam te spellen, voor het geval u later gefundeerde klachten hebt over mijn optreden.'
Hij grinnikte.
'Een Oudhollands spreekwoord luidt: het zijn niet allen koks, die lange messen dragen.'
Er gleed een matte glimlach over haar lippen.
'Een goede vriendin adviseerde me om mijn probleem aan u voor te leggen.'
De Cock trok zijn gezicht in een ernstige plooi.
'Wat is uw probleem?'
Ze verschoof iets op haar stoel.
'Laat ik mij eerst even aan u voorstellen. Mijn naam is De Lavaterne, Gabriëlle de Lavaterne.'
De Cock keek haar bewonderend aan.
'Een mooie naam,' sprak hij prijzend. 'Het klinkt mooier dan De Cock met ceeooceekaa.'
Gabriëlle zuchtte.
'Ik moet mijn naam, net als u, altijd uitgebreid spellen. Anders schrijft men het verkeerd. Ik ben er niet zo blij mee. Ik kreeg die naam door mijn huwelijk. Mijn meisjesnaam is De Vries. Heel simpel en oerdegelijk. Mijn man vindt De Vries verschrikkelijk. Daar zijn er volgens hem te veel van. Hij staat erop dat ik mij mevrouw De Lavaterne noem.'
'Uw man heeft gelijk.'
Gabriëlle reageerde plotseling fel.

'Hij heeft altijd gelijk,' sprak ze met enige stemverheffing. 'Hij kan zich eenvoudigweg niet voorstellen dat iemand er een andere mening op na houdt dan hij, over welk onderwerp dan ook.'
De Cock beluisterde de toon. Haar woorden, zo proefde hij, waren gedrenkt in venijn.
'Uw probleem?' vroeg hij kort en zakelijk.
'Mijn man.'
De Cock plukte aan het puntje van zijn neus.
'Voor huwelijkse problemen bent u hier niet bij de juiste instantie.'
Gabriëlle schudde haar hoofd.
'Ik kom zijn vermissing melden.'
'Vermissing?'
De vrouw knikte.
'Mijn man is zeer punctueel. Op zich geen bezwaar. Maar hij verlangt die houding ook van anderen.'
'Van u?'
'Onder anderen.'
'Sinds wanneer wordt uw man vermist?'
De vrouw schoof de linkermouw van haar loden mantel iets terug en keek op haar horloge.
'Op dit moment, vijftien uur en achtentwintig minuten.'
De Cock keek haar verrast aan.
'Vijftien uur en achtentwintig minuten?' herhaalde hij vragend.
Gabriëlle knikte.
'Antonie is altijd om exact zes uur thuis. Als onze staande klok in de hal slaat, komt hij binnen, dag in, dag uit, geen minuut eerder, geen minuut later.'
'Gisteren kwam hij niet?'
Gabriëlle schudde haar hoofd.
'Vanaf zes uur reken ik hem als vermist. Hij is ook vannacht niet thuisgekomen. In de zestien jaar dat ik nu het bed met hem deel, is dat nog nooit voorgekomen.'
'Hij heeft ook niet gebeld?'
'Nee.'

'Wat doet uw man?'
'U bedoelt welke werkzaamheden mijn man dagelijks verricht?'
'Precies.'
'Hij is bankier; werkt bij de IJsselsteinse Bank aan de Keizersgracht.'
'Hebt u daar al geïnformeerd?'
'Ik had zijn secretaresse aan de lijn. Hij is gisteren op de normale tijd van de bank weggegaan.'
De Cock boog zich iets naar haar toe.
'Waren er strubbelingen?'
'Waar?'
'Op de bank?'
Gabriëlle de Lavaterne zuchtte.
'Dat weet ik niet,' antwoordde ze hoofdschuddend. 'Antonie spreekt thuis nooit over zijn werkzaamheden bij de bank. Ik heb wel eens geprobeerd om hem iets te ontlokken, maar ik stuitte dan steeds op een muur van onwil. Bankzaken vergen een strikte geheimhouding, is zijn stelling. Dat geldt ook voor mij.'
'Tussen man en vrouw is dat ongebruikelijk.'
'Zeker.'
'Waren er strubbelingen tussen u beiden?'
'Ik zou liegen,' sprak de vrouw nuchter, 'wanneer ik mijn huwelijk met Antonie als gelukkig kwalificeer. Antonie is een saaie man met weinig elan of allure. Wij verdragen elkaar. Veel meer kan ik er niet van zeggen.'
De Cock nam een kleine pauze voor het effect.
'U maakt zich wel zorgen,' sprak hij gedragen, 'anders was u niet naar mij gekomen.'
Gabriëlle de Lavaterne keek naar hem op. Haar houding veranderde. De stugge onverzettelijkheid verdween. Haar onderlip begon te trillen en in haar ogen blonk een traan.
'Antonie is zo kwetsbaar,' prevelde ze zacht. 'Daarom is hij zo accuraat. Die stiptheid is zijn enig houvast. Een verandering van levensritme kan hij beslist niet aan. Hij gruwt van variaties. Nu hij van een van zijn vaste gewoonten is afgeweken, ben ik bang. Er moet iets zijn gebeurd.'

'Een andere vrouw?'
'Antonie is geen man voor een slippertje,' reageerde de vrouw furieus. 'Antonie is... eh, is... eh, te netjes voor een nacht met een andere vrouw.'
De Cock laste opnieuw een kleine pauze in. Hij wist dat zelfs de saaiste mannen plotseling wel elan en allure kunnen krijgen en zich doldriest in wilde avonturen storten. Maar dat zei hij haar niet.
'U bent ervan overtuigd,' stelde hij simpel, 'dat hem iets is overkomen?'
Gabriëlle de Lavaterne opende het tasje op haar schoot en nam daaruit een foto van een kalende man van omstreeks vijftig jaar met een rond gezicht en een indrukwekkende zwarte snor. Ze reikte De Cock de foto aan.
'Dat is mijn man, Antonie Renardel de Lavaterne. U mag de foto gebruiken om hem te herkennen. Ik hoop dat dan zijn gezicht niet te erg is toegetakeld.'
De Cock keek haar scherp aan.
'Toegetakeld?'
Gabriëlle de Lavaterne knikte.
'Antonie,' sprak ze zacht, 'is vermoord. Een andere uitleg is er niet.'

Toen Gabriëlle de Lavaterne uit de grote recherchekamer was verdwenen, kwam Vledder met een ruk uit zijn stoel overeind.
'Wat een pathos,' riep hij verbolgen. 'Antonie is vermoord,' imiteerde hij haar stem, 'een andere uitleg is er niet.'
De jonge rechercheur snoof.
'Die vent is gewoon een avondje wezen stappen, is een gezellig en gewillig wijf tegengekomen en heeft de nacht bij haar doorgebracht. Straks komt hij thuis met schuldbetuigingen en een verzoenend tuiltje bloemen.'
De Cock keek hem grinnikend aan.
'Dat is volgens jou de geijkte formule?'
Vledder knikte.
'Absoluut. Ik hoop niet dat ze echt denkt dat wij naar haar man gaan zoeken.'

'Niet?'
Vledder keek hem verrast aan.
'Wil jij hier iets aan doen?'
Zijn stem trilde van ongeloof.
De Cock maakte een schouderbeweging.
'We zouden eens met zijn secretaresse aan de IJsselsteinse Bank kunnen gaan praten.'
Vledder wuifde het voorstel weg.
'Ik wed dat Antonie Renardel de Lavaterne inmiddels al is thuisgekomen en met tranen in zijn ogen zweert dat het nooit meer zal gebeuren.'
De Cock glimlachte.
'En van dat gezond thuiskomen na het slippertje van haar man zal mevrouw De Lavaterne ons, zoals in dergelijke zaken gebruikelijk, uit valse schaamte geen melding doen.'
Vledder grijnsde.
'En zo blijven wij bij de recherche zitten met mappen vol vermiste personen.'
De Cock stond van zijn stoel op en slenterde naar de kapstok.
Vledder kwam hem na.
'Waar ga je heen?'
De Cock draaide zich half om.
'Naar de IJsselsteinse Bank.'
'Je wilt toch?'
Vledder maakte zijn zin niet af. De telefoon op het bureau van De Cock rinkelde.
De jonge rechercheur rende terug en greep de hoorn. Het gesprek duurde maar een paar seconden. Hij maakte enige aantekeningen en liep met gebogen hoofd terug naar De Cock.
'Het was de wachtcommandant.'
'En?'
'In het souterrain van een huis aan de Herengracht ligt een lijk.'
'Moord?'
Vledder knikte.
'Tussen zijn schouderbladen steekt een dolk.'

2

Met Vledder aan het stuur reden ze met hun oude Golf van de houten steiger achter het politiebureau weg. De Cock trok rillend de kraag van zijn regenjas omhoog en schoof zijn oude hoedje tot op zijn oren.
'Het lijkt wel winter,' gromde hij.
Vledder reageerde niet. Via de Oudebrugsteeg draaide hij rechts het Damrak op.
De Cock keek om zich heen. Het was ongewoon rustig op het brede trottoir. De anders zo drukke promenade was bijna geheel verlaten. Een voor begin november ongewone koudegolf hield de mensen in hun huizen. Na een kille verregende zomer leek het Hollandse klimaat ook een milde herfst over te slaan. De enkelen die zich in de kou op de straat waagden, waren dik gekleed. Ook het verkeer leek bevroren. Vledder raasde bijna ongehinderd met de Golf over de weg. De snelheid ergerde De Cock. Hij stootte zijn jonge collega met zijn elleboog aan.
'Je rijdt weer veel te hard,' riep hij boven het geronk van de motor uit. 'Hoe vaak moet ik het je nog zeggen, dood is dood, daar veranderen wij beiden niets meer aan.'
Vledder gehoorzaamde gedwee en nam wat gas terug.
'Ik heb de wachtcommandant gevraagd,' sprak hij rustig, 'om de meute voor ons te waarschuwen.'
De Cock blikte opzij.
'Weet je het nummer nog?'
Vledder knikte.
'Herengracht 1353.'
'Dat is voorbij de Rozengracht.'
'Ja.'
'Wist de wachtcommandant nog bijzonderheden?'
Vledder zwaaide met zijn rechterhand.
'De melding kwam van een vrouw die in het pand aan de gracht een soort conciërgefunctie heeft. Ze vond het lijk in de keuken.'

'En de keuken is in het souterrain?'
Vledder glimlachte.
'Dat neem ik aan,' sprak hij laconiek. 'Anders klopt de melding niet.'
In stille verbazing over het geringe verkeer in de oude stad reden ze een tijdlang zwijgend voort. Op de Herengracht, niet ver van de Oude Spiegelstraat, vond Vledder een parkeerplaatsje tussen de bomen aan de rand van het water. Ze stapten uit en slenterden verder de gracht af.
Nummer 1353 bleek een statig herenhuis met een fraaie trapgevel en twee blauwstenen stoeptreden naar een indrukwekkend bordes.
In de halfopen deur van het souterrain stond een jonge vrouw. Ze was gekleed in een lange zwarte mantel, die bijna tot haar enkels reikte. Op haar hoofd droeg ze een oranje wollen puntmuts met een kwast.
'Recherche?' vroeg ze toen De Cock en Vledder naderbij stapten.
De grijze speurder bleef voor haar staan, nam even beleefd zijn hoedje voor haar af en knikte.
'Mijn naam is De Cock,' sprak hij vriendelijk. 'De Cock... met ceeooceekaa.' Hij duimde opzij. 'En dat is Vledder. Wij zijn als rechercheurs verbonden aan het politiebureau in de Warmoesstraat.'
Hij zweeg even.
'U... eh, u hebt een moord gemeld?'
De vrouw knikte nadrukkelijk. De kwast van haar puntmuts danste in haar nek.
'Een kwartiertje geleden ongeveer. Hij ligt hier achter mij in de keuken.'
'U woont hier?'
De vrouw schudde haar hoofd.
'Hier woont niemand. Mevrouw De Koning, Vera de Koning, is weggetrokken. Sinds de dood van haar vader kon ze dit kapitale pand niet meer onderhouden. Ze heeft nog een kleine villa in het Gooi. Die heeft haar oude heer gelukkig niet verkwanseld.'

'Wat is uw functie hier?'
'Ik was als hulpje, interieurverzorgster, gezelschapsdame, in dienst bij Vera. Nu zij in het Gooi woont, houd ik het hier op haar verzoek een beetje bij, tot er een nieuwe eigenaar is.'
'U hebt een sleutel?'
De jonge vrouw glimlachte.
'Ik heb alle sleutels van dit pand. Maar ik had die vanmorgen niet nodig. De deur hier van het souterrain bleek niet afgesloten. Ik dacht eerst aan een inbraak, maar ik kon aan geen enkele deur iets ontdekken wat daarop wees.'
'Toen bent u naar binnen gegaan?'
'Ja.'
'En vond een dode man?'
De jonge vrouw knikte.
'Het was wel even schrikken,' sprak ze glimlachend. 'Toen ik beneden de keuken binnenstapte, struikelde ik bijna over die dode vent.'
'Hebt u zijn gezicht gezien?'
'Ja. Dik, bol, een beetje pafferig.'
'Kent u hem?'
De jonge vrouw schudde haar hoofd.
'Het is een vreemde vent, goed gekleed. Dat wel. Geen zwerver of een junk.'
'Hebt u enig vermoeden hoe hij hier binnen heeft kunnen komen zonder braak?'
De jonge vrouw trok haar schouders op.
'Misschien had hij een sleutel.'
'Kan dat?'
'Voor het geval dat een toekomstige koper het pand wil bezichtigen heeft makelaar Van Limburg een set sleutels van het pand.'
De Cock knikte begrijpend.
'Hebt u binnen iets aangeraakt?'
De jonge vrouw glimlachte.
'Ik heb een zwager bij de politie, Hans Rijpkema. Misschien kent u hem wel. Hij zegt altijd: als je iets geks tegenkomt, overal afblijven.'

De Cock gebaarde naar Vledder.
'Neem naam en adres van mevrouw op en noteer haar bevindingen.'
De oude rechercheur nam opnieuw even zijn hoedje voor de jonge vrouw af, zei dat hij collega Hans Rijpkema kende als een perfecte vent en ging langs haar heen het souterrain in.
In de keuken, naast een groot ouderwets kolenfornuis van het merk Kupperbusch, lag op zijn buik een zwaargebouwde man. In zijn rug, tussen de schouderbladen stak een vreemd model ponjaard. De tweesnijdende kling was niet geheel in het lichaam gedrongen, maar stak nog ongeveer zeven centimeter boven de rug van het slachtoffer uit. Met de koperen scheiding tussen greep en kling leek het gedeelte van het wapen dat nog uit het lichaam stak op het symbolische kruis van het geloof.
De Cock bleef even naar het vreemde silhouet kijken. Daarna hurkte hij bij de dode neer.
Er was maar weinig licht in het souterrain. Hij pakte zijn zaklantaarn uit de binnenzak van zijn colbert en bescheen de zijde van het gelaat van de dode dat zichtbaar was. Zijn lichaam schokte. Een scheut adrenaline golfde door zijn lijf. De oude rechercheur kwam kreunend uit zijn gehurkte houding omhoog, wierp nog een blik op het vreemde kruis van de ponjaard en riep: 'Vledder.'
De jonge rechercheur liep van de vrouw met wie hij sprak weg en kwam gehaast naar hem toe.
'Wat is er?'
De Cock scheen zwijgend in het dode gelaat.
Vledder hijgde.
'Allemachtig, dat is hem, Antonie Renardel de Lavaterne.'

Bram van Wielingen dreunde de keuken binnen en zette zijn aluminium koffertje op de vloer. De fotograaf keek De Cock glimlachend aan.
'Ga je je leven beteren?' Hij blikte op zijn polshorloge. 'Zo'n mooie tijd, kwart voor tien. In de regel laat je mij midden in de nacht opdraven.'
De Cock gromde.

'Ik heb het tijdstip waarop men mij een lijk presenteert niet in de hand. Ik geniet zelf ook graag van een ongestoorde nachtrust.'
Bram van Wielingen blikte om zich heen.
'Wat een entourage,' riep hij verwonderd. 'Dit lijkt wel een keuken uit de vorige eeuw. Mijn grootmoeder had zo'n oud Kupperbusch kolenfornuis.'
De fotograaf grinnikte bij de herinnering.
'Het oude mens kon er fantastisch mee overweg. Ze had het altijd behaaglijk warm en ik heb later nooit meer zulke lekkere soep gegeten als bij haar.'
Hij wees naar de dode.
'Weet je al wie hij is?'
De Cock knikte.
'Antonie Renardel de Lavaterne. Zijn vrouw kwam vanmorgen bij ons zijn vermissing melden.'
De oude rechercheur gebaarde naar de dolk in de rug van het slachtoffer.
'Ik wil een paar extra opnamen van die ponjaard. Zo'n model heb ik nooit eerder gezien.'
Bram van Wielingen keek naar het wapen en lachte.
'Die vent is aan het kruis gestorven,' sprak hij geinig.
De Cock keek de fotograaf bestraffend aan.
'Ik vind dat geen gepaste opmerking.'
De oude rechercheur draaide zich om. In de deuropening stond dokter Den Koninghe. Achter hem torenden twee onaandoenlijke broeders van de Geneeskundige Dienst met hun brancard. De Cock liep blij op Den Koninghe toe en schudde hem hartelijk de hand. Hij had een zwak voor de excentrieke dokter met zijn ouderwetse grijze slobkousen onder een deftige streepjesbroek, zijn stemmig zwart jacquet en zijn verfomfaaide groen uitgeslagen garibaldihoed. Al vroor het dat het kraakte, al vielen de mussen van de hitte dood van het dak, de oude lijkschouwer verscheen altijd in hetzelfde tenue.
'Hoe maakt u het?' vroeg De Cock belangstellend.
Dokter Den Koninghe glimlachte.
'Met dit weer heb ik altijd een beetje last van mijn jicht. Verder

gaat het wel goed met me.' Hij gebaarde naar het lijk bij het fornuis. 'Met hem niet zo, dacht ik.'
De oude lijkschouwer duwde Bram van Wielingen met zijn Hasselblad ruw opzij. Daarna trok hij zijn pantalon aan de pijpen iets op en hurkte bij de dode neer. Hij voelde aan het gelaat. Even maar. Met krakende knieën kwam hij overeind, nam zijn bril af, pakte zijn witte pochet uit het borstzakje van zijn jacquet en poetste gewoontegetrouw zijn glazen schoon. De Cock wachtte geduldig tot de oude lijkschouwer zijn ceremonie had voltooid.
'Hij is dood,' sprak hij laconiek.
De Cock knikte met een ernstig gezicht.
'Daar ging ik al van uit.'
De dokter wees naar het lijk.
'Ik schat zo'n veertien tot vijftien uur. Misschien nog wel iets langer. Gelet op de temperatuur in dit souterrain is het lichaam sterk afgekoeld.'
De Cock knikte begrijpend.
'Mag ik aannemen dat de dood werd veroorzaakt door inwendige bloedingen?'
Dokter Den Koninghe glimlachte.
'Dag mag.'
De oude lijkschouwer trok een rimpel in zijn voorhoofd.
'Ben je bereid,' sprak hij voorzichtig, 'om naar een aanwijzing van mij te luisteren?'
'Altijd.'
'Wanneer het slachtoffer rechtop stond op het moment dat hij werd vermoord, dan is de dader beslist kleiner dan het slachtoffer.'
'Waar baseert u dat op?'
De dokter gebaarde naar het lijk.
'De stand van de ponjaard. Die is vrijwel horizontaal het lichaam binnengedrongen. Dat lukt niet wanneer de dader even groot of groter dan het slachtoffer is. Door de armzwaai is het heft dan vrijwel altijd schuin naar boven gericht.'
De lijkschouwer lichtte tot groet zijn groen uitgeslagen garibaldihoed en liep van hem weg. Na een paar passen draaide hij

zich half om en wees met gestrekte arm naar de dode bij het fornuis. 'Die grote snor onder zijn neus is echt.'
De Cock wuifde vaag tot afscheid. Dokter Den Koninghe was nooit zo jolig. Maar de uiteenzetting over de stand van de ponjaard had hem getroffen. Hij blikte opzij naar Bram van Wielingen.
'Ben je klaar?'
De fotograaf flitste nog eens in het dode gelaat.
'Bijna. Dat kruis heb ik er goed op. Maar bij de andere kant van het gezicht van de man kan ik niet komen. Hij ligt te dicht bij het fornuis.'
'Doe dat dan maar morgen voor de sectie.'
Bram van Wielingen bukte zich en borg zijn Hasselblad in zijn aluminiumkoffertje.
'Heb je nog andere wensen?'
De Cock knikte.
'Buiten een foto van het hele pand. En krijg ik nog een dactyloscoop?'
'Absoluut. Ben Kreuger was nog bezig met een klus, maar je kunt hem elk ogenblik verwachten.'
Vledder kwam naderbij.
'Kan mevrouw Rijpkema weg?'
'Wie is mevrouw Rijpkema?'
'De jonge vrouw die het lijk ontdekte. Zij is met een broer van Hans getrouwd.'
'Heb je alles van haar?'
'Ja.'
'Doe haar de groeten van me.'
De Cock wenkte de broeders van de Geneeskundige Dienst naderbij. Ze legden de dode man op zijn buik op de brancard. Voorzichtig drapeerden zij een laken over hem heen. De canvas flappen bleven los. De oude rechercheur keek hen na toen ze het souterrain verlieten. Het silhouet van het kruis op de rug van de dode bleef zelfs onder het laken zichtbaar.

'Heeft Ben Kreuger nog iets gevonden?'
Vledder schudde zijn hoofd.
'Hij zal morgen voordat de sectie begint het heft van de pon-

jaard nog bekijken. Maar gezien zijn bevindingen in het souterrain verwacht de dactyloscoop er niet veel van.
Op de deur en aan de sponningen heeft hij niets gevonden. Dat is ongebruikelijk omdat daar vrijwel altijd vingerafdrukken te vinden zijn.'
'Weggeveegd?
Vledder knikte.
'Zorgvuldig.'
'Heb je al contact gehad met makelaar Van Limburg?'
Vledder knikte opnieuw.
'Hij was stomverbaasd dat er een dode man in het pand aan de Herengracht lag. Hij vond het onbegrijpelijk. Hij had sleutels van het pand, maar die had hij aan niemand afgegeven. Wanneer een aspirant-koper het pand wil bekijken, gaat de makelaar altijd mee. De sleutels geeft hij nooit uit handen.'
De Cock wreef over zijn brede kin.
'Het is mij een raadsel hoe die dode man in dat pand terecht is gekomen.'
Vledder glimlachte.
'Ik vind de suggestie van mevrouw Rijpkema dat de man mogelijk een sleutel van het pand had, nog zo gek niet. Ik zal morgen bij zijn fouillering bekijken of er een passende sleutel bij is.'
De Cock grijnsde.
'Als hij een sleutel heeft, dan rijst de vraag: hoe is hij eraan gekomen en in welke functie of hoedanigheid ging hij dat pand binnen?'
De oude rechercheur zuchtte.
'Ik voel meer voor de theorie, dat iemand hem heeft binnengelaten.'
Vledder keek hem schuins aan.
'Zijn moordenaar?'
Voordat De Cock kon antwoorden, werd er op de deur van de grote recherchekamer geklopt.
Vledder riep: 'Binnen!'
In de deuropening verscheen de gestalte van een jonge vrouw. De Cock schatte deze vrouw op achter in de twintig. Ze droeg een donkerbruine mantel van imitatiebont en een muts van het-

zelfde materiaal. Vanonder de bontmuts golfde lang blond haar, dat bijna tot haar schouders reikte. Hoewel haar mantel weinig van haar figuur verraadde, was De Cock ervan overtuigd dat ze mooi was, uitzonderlijk mooi. In een driftige tred kwam ze naderbij en bleef voor het bureau van de grijze speurder staan.
'Wat is dat voor een dode man in mijn huis?' vroeg ze bits.
De Cock keek haar onbewogen aan. Hij wees naar de stoel naast zijn bureau.
'Neemt u plaats,' sprak hij vriendelijk. 'En vertel mij, wie bent u?'
Ze weifelde even, daarna knoopte ze haar mantel los en nam bevallig bezit van de stoel.
De Cock glimlachte. Zijn overtuiging kreeg gestalte. Ze was mooi.
Met haar helblauwe ogen keek zij naar hem op.
'Ik ben Vera, Vera de Koning. Dat pand aan de Herengracht is nog niet verkocht. Het is nog steeds mijn eigendom. Ik heb recht om te weten welke gruwelijke zaken zich in mijn huis afspelen.'
De Cock fronste zijn wenkbrauwen.
'Hoe komt u aan de wetenschap dat er een dode man in dat pand aan de Herengracht is gevonden?'
Vera de Koning gebaarde naar de telefoon op het bureau van De Cock.
'Mevrouw Rijpkema heeft me gebeld. Ze vertelde mij van haar ontdekking en zei mij ook dat u de zaak in behandeling had.'
De Cock knikte.
'Dat klopt.' Hij gebaarde voor zich uit. 'Mijn collega Vledder en ik onderzoeken de moord. We weten weinig van de toedracht. We hebben nog geen enkele aanwijzing die naar een dader wijst.'
De oude rechercheur zuchtte.
'Persoonlijk heb ik het gevoel dat deze zaak ons veel hoofdbrekens zal kosten.'
Over de lippen van Vera de Koning gleed een vluchtige glimlach.

'Dat is uw probleem,' sprak ze nuchter. 'Wat mij bijzonder intrigeert, is hoe die dode man mijn huis is binnengedrongen.'
'We gaan er voorlopig van uit dat hij nog niet dood was toen hij uw huis betrad,' antwoordde De Cock.
Vera de Koning reageerde geprikkeld.
'Hoe?'
De Cock trok zijn schouders op.
'Dat is nog een raadsel. We hebben geen sporen van braak of verbreking kunnen ontdekken.'
Vera de Koning toonde ongeduld.
'Weet u wie het slachtoffer is?'
De Cock knikte traag. Hij trok de lade van zijn bureau open en nam daar de foto uit die hij van mevrouw De Lavaterne gekregen. Langzaam schoof hij de foto naar haar toe.
'Kent u die man?'
Het gezicht van Vera de Koning verbleekte.
'Dat... eh, dat is de heer De Lavaterne,' sprak ze hakkelend. 'Toen vader nog leefde, was hij bankier aan de IJsselsteinse Bank.'

3

Dc Cock keek haar secondenlang onderzoekend aan. Om het gesprek weer op gang te brengen, vroeg hij overbodig: 'De heer De Lavaterne was de bankier van uw vader bij de IJsselsteinse Bank?'

Vera de Koning knikte.

'Dat klopt. Al zo lang als ik weet.'

'Was dat de enige relatie tussen uw vader en de heer De Lavaterne?'

Vera de Koning keek hem verward aan.

'Ik begrijp uw vraag niet.'

De Cock trok zijn gezicht in een ernstige plooi.

'Wanneer is uw vader overleden?'

'Bijna een half jaar geleden.'

'Bestaat de mogelijkheid dat uw vader aan hem, om wat voor reden dan ook, een sleutel van het pand aan de Herengracht in bewaring heeft gegeven?'

Vera de Koning trok haar schouders op.

'Ik kan daar geen reden voor bedenken.'

De Cock kauwde even op zijn onderlip.

'Stel dat wij morgen na de sectie tijdens de fouillering van de heer De Lavaterne een sleutel vinden die past op de deur van het souterrain, zou u daar een verklaring voor kunnen vinden?'

Vera de Koning schudde haar hoofd.

'Absoluut niet. Het lijkt mij ondenkbaar. Buiten het feit dat de heer De Lavaterne de bankzaken van vader behandelde, bestond er tussen beiden geen band. Hoewel, zij waren allebei lid van de broederschap.'

De Cock fronste zijn wenkbrauwen.

'Wat voor een broederschap?'

'De Broederschap van het Kruis.'

De Cock glimlachte.

'Bestaat dat?'

Vera de Koning knikte nadrukkelijk.
'De broederschap heeft een eigen tempel hier in Amsterdam aan de Vrijheidslaan. Ik ben daar met vader wel eens geweest. Jaren geleden.'
'Bent u ook lid van die broederschap?'
Vera de Koning schudde haar hoofd.
'Ik ken de meeste leden. Soms hield de broederschap bijeenkomsten in ons huis aan de Herengracht. Bij die gelegenheden heb ik de heer De Lavaterne wel eens ontmoet en met hem gesproken. Ik vond hem niet zo sympathiek, maar vader dweepte met hem.'
'Wat deed uw vader?'
'Niets.'
De Cock lachte.
'Dat is niet veel.'
Vera de Koning trok een ernstig gezicht.
'Vader heeft vroeger rechten gestudeerd, maar met die rechtenstudie heeft hij nooit iets maatschappelijks gedaan. Onze familie De Koning is al generaties lang zeer gefortuneerd. Vader beheerde het familievermogen.'
'En verkwanselde dat.'
'Hoe komt u daarbij,' riep Vera vinnig. 'Het is onzin. Laster. Wie heeft u dat in het oor gefluisterd? Ik heb wel vaker gemerkt dat er onzinnige praatjes over mijn vader de ronde doen.'
De onverwacht felle reactie van Vera de Koning verbaasde De Cock. Hij bedacht dat het voor de verhoudingen niet bevorderlijk zou zijn wanneer hij als zijn informante mevrouw Rijpkema noemde.
'Ik... eh, ik meen het ergens in een of andere krant of tijdschrift te hebben gelezen,' loog hij. 'Lang geleden. Het kan ook zijn dat ik mij in de naam vergis. Het was in ieder geval een naam die sterk op De Koning leek.'
De oude rechercheur zuchtte. Hij vond zijn uitleg niet erg overtuigend.
Vera de Koning bond wat in.
'Vader was een zorgvuldig man en ik was erg op hem gesteld. Zijn dood heeft mij veel verdriet gedaan. Pas de laatste weken

heb ik het gevoel dat ik zijn overlijden enigszins heb verwerkt.'
'U bent gehuwd?'
'Gescheiden.'
'Hebt u nog contact met uw ex-man?'
'Nauwelijks. Mijn huwelijk met Robert Finken was een vergissing.'
De Cock keek haar schuins aan.
'Robert Finken, beroemd wielrenner, schaatser, nationale sportheld?'
Vera grinnikte vreugdeloos.
'En niet meer dan dat.'
Het klonk bitter.
De Cock liet het onderwerp rusten. Hij bracht zijn handen naar voren en drukte de vingertoppen tegen elkaar.
'Ik heb in mijn lange loopbaan als rechercheur,' sprak hij gedragen, 'de meest uiteenlopende wapens gezien, wapens waarmee iemand om het leven was gebracht. Maar het wapen waarmee de heer De Lavaterne is gedood, was voor mij nieuw: een ponjaard, een vreemd model ponjaard, dat als een kruis uit zijn rug stak.'
Vera keek De Cock geschrokken aan. Haar gezicht verbleekte en haar onderlip trilde.
'Een ponjaard als een kruis?' vroeg ze bevend.
De Cock knikte.
'Duidelijk. Onmiskenbaar. De gelijkenis met het kruis van Christus drong zich direct aan mij op.'
'De bloedwraak,' sprak Vera fluisterend.
'Bloedwraak?' vroeg De Cock verbaasd.
Vera knikte traag
'Wanneer iemand tegen de beginselen van de Broederschap van het Kruis heeft gezondigd dan komt de bloedraad bijeen en wanneer de feiten ernstig genoeg zijn, wordt de wraak uitgesproken.'
'De bloedwraak?'
'Ja.'
'En dat is?'
Vera de Koning slikte.

'Een vonnis, een doodvonnis.'
'En de executie daarvan,' vroeg De Cock gespannen, 'de uitvoering van dat vonnis?'
Vera de Koning spreidde haar handen.
'Een symbolische kruisiging.'
De Cock reageerde verward.
'Een symbolische kruisiging?'
'Inderdaad.'
'Hoe?'
'Dood door de Ponjaard van het Kruis.'

4

Vledder stak zijn armen als een schreeuw om hulp omhoog.
'Waar zijn we nu weer in verzeild geraakt?' riep hij verbolgen. 'Een symbolische kruisiging, een symbolische kruisiging door de Ponjaard van het Kruis. Hoe bedenken mensen het? Verwrongen ideeën van verziekte geesten met een dwaze hang naar mystiek.'
De Cock gaf geen krimp.
'En sinds wanneer,' riep Vledder, 'beschikt een bloedraad van een of andere broederschap hier in Nederland over leven en dood?'
De Cock schudde zijn hoofd.
'Het is geen legale daad,' antwoordde hij rustig. 'Geen enkele bloedraad van welke broederschap dan ook heeft het recht om over leven en dood te beschikken. Voor ons blijft het gewoon een moord. Een moord, gepleegd door degene die het wapen dodelijk hanteerde.'
Vledder zuchtte.
'Ik weet dat adelborsten van de Koninklijke Marine als teken van hun waardigheid een ponjaard mogen dragen. Maar leden van een broederschap?'
De Cock antwoordde niet direct.
'We moeten hier toch heel voorzichtig mee omgaan,' sprak hij bezorgd. 'De ponjaard in relatie tot leven en dood is al een oud begrip. De Romeinse keizers en hun hooggeplaatste officieren droegen een ponjaard als teken van de beslissing hebben over leven en dood.
Bij de Franse adel werd de ponjaard vroeger "miséricorde" genoemd, dat betekent zo ongeveer 'uit erbarmen', omdat de ontwapende vijand er snel mee kon worden afgemaakt. Bijvoorbeeld wanneer de verslagen vijand niet onmiddellijk bereid was om genade te vragen.'
Vledder keek hem bewonderend aan.

'Hoe kom je aan al die wijsheid?'
De Cock lachte.
'Toen ik hier aan de Warmoesstraat mijn eerste moord behandelde, een jonge vrouw was door haar minnaar met een bijzondere dolk afgemaakt, ben ik op zoek gegaan naar de oorsprong van dat wapen. In mijn zoektocht kwam ik al die vreemde zaken tegen.'
'Merkwaardig.'
De Cock knikte.
'Er zijn op diverse plekken op aarde dolken van brons gevonden. Meest grafgiften. Mannen mochten ook na hun dood hun dolk behouden. Daar zijn dolken bij die duizenden jaren voor Christus zijn vervaardigd. Met een dolk of ponjaard zijn in de loop der eeuwen vele moorden gepleegd, onder welke noemer dan ook.'
De Cock stond op en slenterde naar de kapstok. Vledder kwam hem na.
'Waar ga je heen?'
De Cock greep zijn hoedje en draaide zich half om.
'Naar de IJsselsteinse Bank. Misschien dat de secretaresse van de heer De Lavaterne ons iets kan vertellen. Vaak weet een secretaresse meer van haar chef, dan een echtgenote van haar man.'
Vledder lachte.
'Wanneer krijgen wij een secretaresse die al dat nare schrijfwerk van ons...'
De jonge rechercheur maakte zijn zin niet af. De telefoon op het bureau van De Cock rinkelde. Vledder rende terug, greep de hoorn en luisterde. Na een paar seconden hield hij zijn hand voor het spreekgedeelte en stak de hoorn omhoog.
'De wachtcommandant heeft beneden een man aan de balie die jou wil spreken.'
'Waarover?'
'De dood van zijn vriend.'

De Cock keek de man die op de stoel naast zijn bureau was neergestreken onderzoekend aan. Hij schatte hem rond de vijftig jaar. Hij droeg een fraaie zwarte regenjas en een glimmende

witzijden sjaal. De zwarte edenhoed, die hij bij het betreden van de recherchekamer had afgedaan, hield hij keurig op zijn knieën.
De Cock bezag zijn lang, ovaal, iets gebruind gelaat. De blik uit zijn grijsgroene ogen was koel, scherp observerend. De zwarte, strak achterover gekamde haren, waren grijs aan de slapen.
Voor vele vrouwen, zo concludeerde De Cock, een interessante aantrekkelijke man.
De oude rechercheur boog zich iets naar hem toe.
'De... eh, de wachtcommandant achter de balie,' opende hij voorzichtig, 'meldde dat u mij wilde spreken over de dood van uw vriend?'
De man knikte.
'De heer Antonie de Lavaterne.'
'Wie heeft u van zijn dood bericht?'
'Vera... Vera de Koning. Ze vertelde mij dat zij bij u in de Warmoesstraat was geweest om te praten over een dode man, die in haar huis aan de Herengracht was gevonden. Ze wond zich daar nogal over op. Van u vernam ze dat die dode man Antonie de Lavaterne was.'
'Dat is juist.'
'Onmiddellijk na haar telefoontje ben ik naar de Warmoesstraat gestapt.'
De Cock keek hem oplettend aan.
'Wat is uw relatie tot Vera de Koning?'
De man glimlachte.
'Ze is, was mijn schoondochter. Mijn zoon Robert is enige jaren met haar getrouwd geweest.'
De Cock knikte begrijpend.
'En Vera de Koning wist dat u bevriend was met het slachtoffer?'
De man glimlachte.
'Daarom belde ze mij.'
'U bent?'
'Frederik Finken, de vader van Robert. Mijn vriendschap met Antonie de Lavaterne stamt uit onze studententijd. We waren beiden lid van hetzelfde dispuut.'

'U kent ook de echtgenote van Antonie de Lavaterne?'
Frederik Finken knikte.
'Uiteraard ken ik Gabriëlle.'
De Cock dacht even na.
'Op ons rust de droevige taak om Gabriëlle de Lavaterne te verwittigen dat haar man is overleden. Zou u, als vriend des huizes, die taak van ons willen overnemen? Ons ontbreken altijd troostende woorden.'
Frederik Finken aarzelde even.
'Dat... eh, dat wil ik.'
De Cock kwam uit zijn stoel overeind.
'Onze dank. U kunt gaan.'
Frederik Finken keek hem verwilderd aan.
'Ik ga niet. Ik ga niet. Ik ga niet.'
Hij herhaalde het als een echo.
De Cock toonde onbegrip.
'Waarom wilt u niet gaan? Weet u iets? Kunt u iets zinnigs aan ons onderzoek toevoegen? Tot leven kan ik uw vriend niet wekken.'
Frederik Finken keek hem vijandig aan.
'Dat wordt van u ook niet gevraagd of verlangd,' reageerde hij nijdig. 'Ik wilde graag van u bijzonderheden horen. Ik wil weten onder welke omstandigheden Antonie de Lavaterne de dood vond.'
De Cock bleef ongeduldig en vroeg kortaf: 'Heeft Vera de Koning u niet ingelicht?'
Frederik Finken fronste zijn wenkbrauwen.
'Kent zij de toedracht?'
'Ik besprak met haar de vreemde ponjaard die uit de rug van uw vriend stak, een ponjaard in de vorm van een kruis.'
Frederik Finken keek hem belangstellend aan.
'En toen?'
De Cock antwoordde niet direct. Hij laste een kleine pauze in.
'Het is bij ons de gewoonte,' ging hij verder, 'dat ik bij een onderzoek de vragen stel.'
Het gezicht van Frederik Finken kleurde rood.
'Ik wil weten hoe Vera de Koning op die ponjaard in de vorm van een kruis reageerde?'

De Cock wreef zich over zijn brede kin. Het was een gebaar om tijdwinst te krijgen.
'Kent u de Broederschap van het Kruis?'
Frederik Finken knikte.
'Ik ben lid van dat broederschap.'
'Antonie de Lavaterne?'
'Ook.'
'Kent u de bloedwraak?'
'Zeker.'
'En de bloedraad?'
Frederik Finken zuchtte diep.
'Ik ben er lid van,' sprak hij traag. 'Ik ben lid van de bloedraad van de Broederschap van het Kruis. Ik ken de procedures die bij de broederschap inzake malversaties worden gevolgd.'
De Cock boog zich met een ruk naar hem toe.
'En u komt mij vragen,' sprak hij bars, 'op welke wijze uw vriend Antonie de Lavaterne de dood vond?'
De blik van Frederik Finken vernauwde.
'Wat suggereert u?'
De Cock boog zich terug.
'Dat u medeverantwoordelijk bent voor de dood van uw vriend Antonie de Lavaterne, dat u en uw bloedraad de bloedwraak over hem hebben uitgesproken.'
Frederik Finken grinnikte.
'Ik ben geen voorzitter van de bloedraad.'
'Maar u hebt wel een stem.'
Frederik Finken knikte.
'De uiteindelijk beslissing ligt bij de voorzitter.'
De Cock keek hem scherp aan.
'Ik wil weten wie van de broederschap de Ponjaard van het Kruis hanteerde, met dodelijke afloop.'
Frederik Finken glimlachte.
'Dat is van uw standpunt uit bezien een begrijpelijke wens,' sprak hij zalvend. 'Als rechercheur zoekt u een moordenaar.'
'En ik zal hem vinden,' sprak De Cock stellig. 'Al is dit de laatste affaire die ik in mijn leven behandel.'
Frederik Finken knikte.

'Uw reputatie kennende zult u de moordenaar van Antonie de Lavaterne zeker weten te ontmaskeren,' sprak hij kalm. 'Daar twijfel ik niet aan.' Hij schudde langzaam zijn hoofd. 'Maar niet onder de leden van onze bloedraad.'
De Cock keek hem onderzoekend aan.
'Niet onder de leden van uw bloedraad?' herhaalde hij vragend.
Frederik Finken schudde opnieuw zijn hoofd.
'Er is door de bloedraad van onze broederschap over Antonie de Lavaterne nooit een bloedwraak uitgesproken. Zijn kruisdood is nooit door ons verlangd.'

5

Vledder sloeg met de muis van zijn rechterhand een paar maal tegen zijn voorhoofd. Het was een wild gebaar van verbijstering.
'Er is door de bloedraad van onze broederschap,' imiteerde hij de stem van Frederik Finken, 'over Antonie de Lavaterne nooit een bloedwraak uitgesproken. Zijn kruisdood is nooit door ons verlangd.'
De jonge rechercheur gebaarde in de richting van De Cock.
'Maar die Antonie de Lavaterne,' ging hij met stemverheffing verder, 'stierf wel met een ponjaard van het kruis in zijn rug. Toeval? Die Frederik Finken liegt. Zonder twijfel. Er is door de bloedraad wel degelijk een doodvonnis over Antonie de Lavaterne uitgesproken.'
De Cock schudde zijn hoofd.
'Ik vrees,' sprak hij somber, 'dat we daar nooit achter zullen komen. Indien de leden van de bloedraad zouden toegeven dat Antonie de Lavaterne door hun toedoen stierf, dan zie ik wel mogelijkheden om alle leden van die bloedraad te arresteren terzake medeplichtigheid. Wanneer de bloedraad een lid van de broederschap tot uitvoering van het vonnis heeft aangezet en daarvoor het middel, het Ponjaard van het Kruis, heeft aangedragen, dan acht ik zelfs een claim op mededaderschap niet uitgesloten.'
Vledder reageerde gespannen.
'Zou het zo zijn gegaan?'
'Wat bedoel je?'
'Dat de bloedraad een lid van hun eigen broederschap heeft opgedragen om de moord op Antonie de Lavaterne te plegen?'
De Cock grijnsde.
'Met andere woorden, het door hen gewezen vonnis binnen de eigen kring uit te voeren?'
'Precies.'

De Cock knikte bedaard.
'Men houdt dergelijke zaken graag in de eigen gelederen. Dat is vertrouwd. Daar komen in de regel geen buitenstaanders aan te pas.'
Vledder spreidde zijn handen.
'We kunnen toch alle leden van die verrekte bloedraad onder verhoor nemen? Als een van hen bekent, dan hebben de anderen weinig keus.'
De Cock trok een bedenkelijk gezicht.
'Ze zullen wel een zwijgplicht kennen.'
Vledder grinnikte vreugdeloos.
'Het is toch te gek dat in onze maatschappij een groepering bestaat die er eigen wetten en normen op na houdt en die ook uitvoert, ongestraft.'
De Cock zuchtte.
'We hebben misschien een kleine kans als we erachter kunnen komen tegen welke beginselen van de broederschap Antonie de Lavaterne zo ernstig heeft gezondigd, dat hij volgens de bloedraad moest worden gekruisigd.'
'Acht je dat mogelijk?'
De Cock gebaarde achteloos.
'Ik denk aan fraude of seks met minderjarigen. Zaken die men intern niet tolereert, maar die men voor de buitenwereld graag verborgen wil houden.'
De oude rechercheur keek omhoog naar de grote klok boven de toegangsdeur van de grote recherchekamer. Het was kwart over acht.
'Ik had graag vandaag nog de secretaresse van Antonie de Lavaterne gesproken over de wijze waarop haar chef de laatste uren van zijn leven doorbracht, maar de IJsselsteinse Bank is dicht. Ik stel voor dat we vandaag vroeg naar huis gaan. Morgen brengen we een bezoek aan de tempel van de broederschap aan de Vrijheidslaan. Ik wil een uittreksel van hun bestand aan beginselen. Wellicht dat wij daarin iets vinden dat ons verder helpt om...'
De grijze speurder stokte.
Gabriëlle de Lavaterne kwam de grote recherchekamer binnen

en stevende recht op De Cock af. Op haar wasbleek gelaat lag nu een rode gloed.
'Wat is er met Antonie gebeurd?' riep ze luid.
De oude rechercheur antwoordde niet direct. De tekst van haar vraag verraste hem. Hij gebaarde uitnodigend naar de stoel naast zijn bureau.
'Wat,' formuleerde hij voorzichtig, 'zou er met uw man zijn gebeurd?'
Gabriëlle nam gehaast plaats.
'Vermoord,' antwoordde ze schel.
De Cock keek haar schattend aan. Zijn hersenen werkten snel.
'Die suggestie deed u ons vanmorgen al,' sprak hij ontwijkend.
Gabriëlle de Lavaterne wees naar De Cock.
'Het is waar.' Ze schreeuwde met overslaande stem. 'Hij is vermoord. Een man belde mij op en zei dat Antonie is gevonden met een dolk in zijn rug.'
'Wat voor een man?'
'Dat weet ik niet,' antwoordde Gabriëlle jammerend. 'Hij zei dat ik nadere bijzonderheden over de moord op mijn man van u kon vernemen.'
'En toen?'
'Voordat ik verder nog iets kon vragen, verbrak hij de verbinding.'
'U herkende zijn stem?'
'Nee.'
De Cock boog zich iets naar haar toe.
'Hebt u in de loop van de dag bezoek gehad?'
Gabriëlle schudde haar hoofd.
'Ik heb geen bezoek gehad. Ik ben de hele dag thuis geweest, wachtte op een telefoontje van u.'
De Cock keek haar schuins aan.
'Kent u Frederik Finken?'
'Nee.'
De Cock toonde verbazing.
'Hij zei dat hij een vriend was van uw man en dat hij ook met u kennis had gemaakt.'
Gabriëlle schudde opnieuw haar hoofd.

'Antonie had geen vrienden,' sprak ze bitter. 'Daar was hij de man niet naar. Hij was veel te introvert, te eenzelvig om zich aan een vriend te binden. Hij heeft nog nooit een vriend van hem aan mij voorgesteld.'
De Cock liet het onderwerp rusten.
'Was uw man als bankier betrokken bij de verkoop van een pand aan de Herengracht, een pand toebehorende aan ene Vera de Koning?'
Gabriëlle zuchtte.
'Ik heb u al eens gezegd dat mijn man nooit zaken met mij besprak.'
De Cock zocht naar openingen. Hij streek met zijn vlakke hand over zijn brede kin.
'Was uw man lid van een vereniging, een organisatie, een genootschap?'
'Niet dat ik weet.'
De oude rechercheur toonde verbazing.
'Volgens onze informatie was uw man lid van de Broederschap van het Kruis.'
De blik van Gabriëlle verhelderde.
'Dat klopt,' sprak ze hoofdknikkend. 'Dat was mij even ontschoten. Op verzoek van de directie van de IJsselsteinse Bank werd Antonie lid van de Broederschap van het Kruis. Aan de broederschap waren meerdere bankiers verbonden. De directie van de IJsselsteinse Bank vond dat de positie van mijn man een lidmaatschap rechtvaardigde.'
'Bezocht uw man de bijeenkomsten van de broederschap?'
'Niet frequent.'
De Cock glimlachte.
'Niet frequent, wat moet ik mij daarbij voorstellen.'
'Hij sloeg wel eens een bijeenkomst over.'
'Ook als de bijeenkomst niet in de tempel aan de Vrijheidslaan werd gehouden, bijvoorbeeld in een statig pand aan de Herengracht?'
Gabriëlle toonde ongeduld.
'Ik weet niet,' sprak ze geprikkeld, 'waar de broederschap haar bijeenkomsten houdt. Ik ben één keer met Antonie mee ge-

weest. Daarna nooit meer. Die idioterie interesseerde mij niet.'
'Idioterie?'
Gabriëlle knikte heftig.
'Huichelachtig gedoe. De leden van de broederschap acteerden of ze innige en hechte familiebanden met elkaar hadden. Dat was schijn. Er bestonden wel degelijk tegenstellingen en er heerste onderling wantrouwen. Dat voelde je als het ware. Antonie beschouwde het bijwonen van die bijeenkomsten als een verplichting voor zijn werk bij de IJsselsteinse Bank. Maar hij kwam altijd met de pest in zijn lijf van die bijeenkomsten terug.'
De Cock keek haar niet-begrijpend aan.
'De pest in zijn lijf?'
'Ja.'
'Waarom?'
Gabriëlle stoof op.
'Vragen, vragen, almaar vragen,' riep ze geïrriteerd. 'Maar op die ene vraag van mij wat er met Antonie is gebeurd, heb ik van u nog steeds geen antwoord gekregen.'
De Cock liet zijn hoofd zakken.
'Mijn excuses,' sprak hij somber, 'dat wij u niet eerder over de dood van uw man hebben bericht, het gevolg van een misverstand.'
De oude rechercheur ademde diep.
'Wij hebben uw man,' ging hij gedragen verder, 'vanmorgen, kort na uw bezoek aan ons, gevonden in het souterrain van een huis aan de Herengracht. Hij was vermoord. In zijn rug stak een ponjaard, waarvan het heft de gedachte opriep aan het kruis van Christus.'
Gabriëlle keek hem geschrokken aan, terwijl zij weer ging zitten.
'De Ponjaard van het Kruis.'
De Cock fronste zijn wenkbrauwen.
'Kent u het?'
Gabriëlle knikte.
'Antonie had zo'n ponjaard. Alle leden van de broederschap hebben er een.'

Plotseling sloeg ze haar handen voor haar gezicht. Haar lichaam begon te trillen en haar mond viel half open.
'Henry Cooperbrander,' sprak ze hijgend. 'Het was Henry Cooperbrander. Dat weet ik nu ineens klaar, helder en zeker. Hij heeft mijn man omgebracht.'
De Cock keek verbaasd.
'Wie is Henry Cooperbrander?'
Gabriëlle slikte.
'Een bankier, ook lid van de Broederschap van het Kruis. Er is in het verleden tussen hem en mijn man een onenigheid ontstaan over een bepaalde geldkwestie. Ik ken geen bijzonderheden over die kwestie, maar sindsdien haatte Henry Cooperbrander mijn man.'
De Cock keek haar ongelovig aan.
'Hoe weet u dat?' vroeg hij met gespeelde verbijstering. 'Antonie, uw man was altijd zo gesloten, besprak nooit zaken met u?'
Gabriëlle huilde. Een traan gleed traag over haar wang en drupte op het tasje op haar schoot.
'Omdat Antonie zich werkelijk zorgen maakte over de haatgevoelens van die man. Het was een van de weinige problemen in zijn leven die hij aan mij toevertrouwde. Hij was bang dat die haatgevoelens zich eens zouden ontladen in gewelddadigheden.'
'Zoals?'
Gabriëlle trok haar kin iets omhoog.
'Bereid je voor,' declameerde ze, 'vandaag of morgen, als ik de kans krijg, steek ik je overhoop.'
De Cock keek haar ongelovig aan.
'Heeft die Henry Cooperbrander dat gezegd?'
Gabriëlle knikte met gesloten ogen.
'Vorige week nog, in het geniep. Tijdens een bijeenkomst van de tempeliers.'

'Tem-pe-liers.'
Vledder sprak het uit als een vies woord.
'Dit is pas de eerste dag van ons onderzoek naar de dood van

Antonie de Lavaterne,' verzuchtte hij, 'en ik heb nu al het gevoel dat ik het niet meer kan volgen.'
Hij keek naar De Cock.
'Weet jij iets van tempeliers? Ik ken alleen de uitdrukking "hij zuipt als een tempelier".'
De oude rechercheur lachte.
'De tempeliers hadden bij het volk een slechte naam.'
'En Gabriëlle de Lavaterne wist ons niet meer te vertellen dan dat haar man niet alleen lid was van de Broederschap van het Kruis, maar daarin ook de functie van tempelier vervulde,' sprak Vledder.
De Cock trok zijn schouders op.
'Ik weet niet wat de functie van tempelier in de Broederschap van het Kruis inhoudt. Maar daar is, dacht ik, wel achter te komen.'
De oude rechercheur gebaarde voor zich uit.
'Ik weet wel waar de naam tempeliers vandaan komt.'
'Nou?'
'Van de Orde der tempeliers. Het was de eerste ridderorde in het Heilige Land. Later volgden er meer, zoals de Johannieter Orde, dat waren de hospitaalridders, en de Orde der Teutonen. Ook Holland kende een ridderorde, namelijk de Orde van St.-Jacob en het Zwaard, gesticht door onze eigen Floris de Vijfde. De Orde der tempeliers werd in 1119 in Jeruzalem gesticht om de pelgrims in het Heilige Land te beschermen.'
Vledder keek hem bewonderend aan.
'Hoe kom jij toch steeds aan al die bijzonderheden. Van de ponjaard kende je ook de hele geschiedenis.'
De Cock maakte een afwerend gebaar.
'Je moet het niet als wijsheid zien. Zoveel wijsheid heb ik niet. Maar van kind af aan heb ik de gewoonte gehad om naar de achtergrond van dingen te zoeken. Ik was, en ben nog steeds, nieuwsgierig van aard. Misschien ben ik daardoor later speurder geworden.'
Vledder zwaaide ongeduldig.
'Kom op, de Orde van de tempeliers, wat was daarmee?'
De Cock schudde zijn hoofd.

'Eerst de oorsprong van mijn speurtocht,' riep hij afwijzend. 'Een paar jaar geleden was ik met vakantie in een lieflijk dorp in de buurt van het Duitse stadje Hameln.'
Vledder keek hem lachend aan.
'De rattenvanger van Hameln.'
De Cock knikte blij.
'Heel goed. De rattenvanger van Hameln. Daar begon mijn speurtocht. Ik heb tijdens mijn vakantie in het stadje Hameln de Rattenfängerfestspiele bezocht. Volgens het verhaal zou de gemeenteraad van Hameln een jonge rattenvanger, spelend op een zilveren fluit, zijn loon niet hebben willen uitkeren, nadat hij Hameln in de dertiende eeuw van de ratten had bevrijd. Als wraak lokte hij, spelend op zijn fluit, honderddertig kinderen de stad uit, waarna ze spoorloos verdwenen.'
Vledder keek hem vragend aan.
'Wat hebben de tempeliers hiermee te maken?'
De Cock glimlachte.
'Vrijwel zeker is dat verhaal van de op een zilveren fluit spelende rattenvanger pas veel later verzonnen. Het dook ook pas in de zestiende eeuw op. Maar omstreeks die dertiende eeuw zijn wél honderden kinderen uit Hameln en omgeving verdwenen.'
'Hoe?'
'Daarover bestaan enkele theorieën. Vermoedelijk, en daar ga ik persoonlijk van uit, zijn ze gelokt door mensen die heil zochten in kinderkruistochten naar het Heilige Land.'
'Kinderkruistochten?'
De Cock knikte.
'Volgens paus Innocentius de Derde waren het de kinderen, symbolen van zuiverheid en onschuld, die ons volwassenen door hun vertrouwen en geloof beschaamd deden staan. Hij moedigde de kruistocht van de kinderen naar het Heilige Land aan. Naar schatting hebben zo'n zeventigduizend kinderen aan die kinderkruistochten deelgenomen. Vrijwel allen zijn op een ellendige manier aan hun eind gekomen. Velen werden door louche handelaren als slaaf of slavin verkocht. Slechts weinigen keerden na vele ontberingen naar huis en haard terug.'

De oude rechercheur zuchtte diep en spreidde zijn handen.
'Wanneer men zich,' sprak hij gedragen, 'gaat verdiepen in die erbarmelijke kinderkruistochten, en de kruistochten in het algemeen, dan stuit men ook op de Orde van de tempeliers.'
'Wat deden ze?'
'Hun taak was niet alleen het beschermen van de pelgrims in het Heilige Land, maar ze verzamelden ook fondsen en financierden daarmee de kruistochten. Het deelnemen aan zo'n kruistocht werd destijds als een God welgevallige daad beschouwd. Door investeringen en speculaties werd de orde op den duur zo rijk en machtig, dat wereldlijke vorsten uit hebzucht hun ondergang zochten. De tempeliers werden meestal ten onrechte van immoraliteit en ketterij beschuldigd. Om hun macht te breken werd het volk tegen hen opgehitst en vele leden van de Orde eindigden hun leven op de brandstapel.'
Vledder keek De Cock gespannen aan.
'Het verwerven van fondsen, financieringen, speculaties en het doen van investeringen.'
De jonge rechercheur zweeg even.
'De tempeliers waren in feite bankiers.'
De Cock knikte instemmend.
'Dat waren ze ook. Zeker tegen het einde van hun bestaan toen hun rol in het Heilige Land was uitgespeeld.'
De ogen van Vledder schitterden.
'Antonie de Lavaterne was een bankier en volgens zijn vrouw was ook Henry Cooperbrander, de man die hem zo haatte, een bankier.'
De Cock keek hem schuins aan.
'En?'
'Er moet een verband bestaan.'
'Ik vermoed dat Antonie de Lavaterne en Henry Cooperbrander om hun functie in de Broederschap van het Kruis de eretitel "tempelier" droegen.'
Vledder stak gebarend zijn rechterwijsvinger omhoog.
'Er is een duidelijk verschil met vroeger. De tempeliers van de Broederschap van het Kruis eindigen niet, zoals in een ver verleden, op de brandstapel, maar vermoorden elkaar.'

De Cock reageerde verward.
'Elkaar?'
Vledder knikte nadrukkelijk.
'Let op,' sprak hij ferm. 'Ik krijg gelijk, er volgen in deze vreemde affaire nog meer dode tempeliers.'
De Cock keek hem geringschattend aan.
'Het is een stelling zonder enige basis.'
De oude rechercheur stond van zijn stoel op en slenterde naar de kapstok.
'Ga je naar huis?' vroeg Vledder.
De Cock schudde zijn hoofd. Hij wurmde zich in zijn regenjas en schoof zijn oude hoedje over zijn grijze haardos.
'Heb je het adres van die Henry Cooperbrander?'
Vledder knikte.
'Jan Toebacklaan 513. Een villa in Naarden.'
De Cock ademde diep.
'Mooi, daar gaan we heen.'
'Ik dacht dat je vroeg naar huis wilde?'
De Cock trok zijn gezicht strak.
'Ik heb me bedacht. Ik wil weten waarom die Henry Cooperbrander zijn collega-tempelier Antonie de Lavaterne zo intens haatte.'

6

Ze reden met hun oude Golf van de houten steiger achter het politiebureau weg. Het was bitter koud in de auto. Vledder schoof de knop van de verwarming hoger. Maar met een nog koude motor bood dat geen soelaas.
De jonge rechercheur blikte opzij.
'Weet je zeker dat je nog naar Naarden wilt?' vroeg hij weifelend. 'Nu, op dit late uur? Ik voel veel meer voor mijn warme bed.'
De Cock bromde.
'Dat bed kan wachten.'
Vledder schudde afkeurend zijn hoofd.
'Het is met jou elke avond laat,' sprak hij mopperend. 'Als wij een zaak onder handen hebben, weet jij van geen ophouden. Ik kom dan nooit op tijd in mijn bed. Wat hebben we zo laat nog in dat Naarden te zoeken? We weten niets van die man, van die Henry Cooperbrander. We hebben die vent nog nooit ontmoet, weten niet hoe hij eruitziet.'
De jonge rechercheur snoof.
'Je hebt me zelfs niet eens de gelegenheid gegeven om behoorlijk zijn antecedenten na te trekken. Misschien is die Henry Cooperbrander een berucht crimineel, vuurgevaarlijk, met in Naarden een kalasjnikov* schietklaar achter de voordeur van zijn villa.'
De Cock hoorde het verwijt gelaten aan.
'Gabriëlle de Lavaterne,' reageerde hij rustig, 'ziet in hem de moordenaar van haar man.'
Vledder sloeg met zijn vuist op de rand van het stuur.
'Die Gabriëlle deugt zelf niet,' riep hij geagiteerd. 'Ik geloof dat het beeld dat zij ons van haar man schetst, in geen enkel opzicht met de werkelijkheid overeenstemt. Antonie de Lavaterne was volgens mij geen sukkel die alleen maar kon existeren wanneer hij zich strikt aan een vast levenspatroon hield.'

* *een vermaarde Russische pistoolmitrailleur*

De Cock liet zich onderuitzakken. De zelfgebreide trui die zijn vrouw hem dwong te dragen zolang er een 'r' in de maand was, gaf hem een warm gevoel. Hij trok zijn schouders op.
'Morgen,' sprak hij gelaten, 'zal zijn secretaresse ons daarover nader informeren.'
De ijzige houding van De Cock ergerde Vledder.
'Denk nog eens na,' riep hij geprikkeld. 'Gabriëlle de Lavaterne meldt ons de vermissing van haar man, zeventien uur en achtentwintig minuten nadat hij volgens haar thuis had moeten komen, en geeft direct als suggestie dat haar man is vermoord. Maar over een motief en een eventuele dader horen we niets. Pas vele uren later, nadat ze via een geheimzinnig telefoontje heeft vernomen dat haar man werkelijk is vermoord, komt ze als moordenaar met ene Henry Cooperbrander op de proppen, een vent die haar man om een geldkwestie zou hebben gehaat.'
De jonge rechercheur wond zich op.
'Plotseling weet ze ook alles van de Broederschap van het Kruis, kent ze de betekenis van de ponjaard en openbaart ons dat haar man in de broederschap de functie van tempelier bekleedde.'
Vledder ademde diep.
'Ze is onbetrouwbaar, volkomen onbetrouwbaar. Ik vraag me af welke belangen zij heeft bij de moord op haar man? Wie zegt mij dat zijn dood haar niet goed van pas komt. Misschien had ze er zelf wel de hand in. Uiteindelijk beschikte zij over het moordwapen.'
De Cock keek hem niet-begrijpend aan.
'Het moordwapen?'
Vledder gebaarde heftig.
'Zoals elk lid van de Broederschap van het Kruis had Antonie de Lavaterne de beschikking over een eigen ponjaard. Als Gabriëlle ons dat wapen morgen niet kan presenteren, dan weet ik waar het is gebleven, in de rug van haar eigen man.'
De Cock drukte zich weer iets omhoog en keek zijn jonge collega bewonderend aan.
'Zo op het gehoor een goed onderbouwd requisitoir,' sprak hij met bewondering. 'Maar ik ben ervan overtuigd dat een gewiekst advocaat, met deze aanklacht tegen haar, breed glimlachend aan zijn pleidooi begint.'

'Omdat hij verzekerd is van vrijspraak?'
'Precies.'
'Jij vertrouwt haar wel?'
De Cock spreidde zijn handen.
'Mag een vrouw die door moord plotseling haar man heeft verloren een tikkeltje in de war zijn?'
Vledder bromde.
'Een tik-kel-tje in de war,' reageerde hij spottend. 'Ze leidt ons bewust, sluw en geslepen, in de verkeerde richting. Ook deze rit naar Naarden is volgens mij verspilling van tijd en energie.'
De Cock trok achteloos zijn schouders op.
'We zullen zien,' sprak hij rustig. 'Henry Cooperbrander kan ons, als hij daartoe bereid is, duidelijk maken wat het werk van de tempeliers in de broederschap inhoudt, welke activiteiten zij ontplooien en wellicht openbaart hij ons iets over zijn haatgevoelens jegens de verslagen Antonie de Lavaterne.'
Vledder grinnikte vreugdeloos.
'Jij denkt toch niet,' vroeg hij snijdend, 'dat hij ons onmiddellijk zal toeroepen dat hij die vent om zeep heeft geholpen?'
De Cock antwoordde niet. De oude rechercheur liet zich weer onderuitzakken. Een verdere discussie over dit onderwerp met een rebelse collega leek hem zinloos.
Vledder blikte woedend opzij. Het feit dat zijn oude collega niet verder reageerde, prikkelde hem. Hij klemde zijn handen mokkend vaster om het stuur en drukte het gaspedaal van de Golf dieper in. De jonge rechercheur kon zijn recalcitrante bui maar moeilijk onderdrukken. De Cock onderging zijn protestactie gelaten.
Het was voor het late uur ongewoon druk op de A1. De rijbanen in de richting van Amsterdam waren vol bezet. Eerst na het knooppunt Muiderberg werd het iets rustiger. Bij de afslag Bussum verliet Vledder de snelweg en koos de richting die het reclamebord van hotel-restaurant Jan Tabak aangaf.
De jonge rechercheur wees ernaar. De piek van zijn woede was weggeëbd.
'Ik heb wel eens met Edmay daar bij Jan Tabak gegeten,' sprak hij rustig. 'Heel smakelijk. De Jan Toebacklaan is er pal achter.'

De Cock fronste zijn wenkbrauwen.
'Is de Jan Toebacklaan naar Jan Tabak genoemd, of omgekeerd de Jan Tabak naar de Jan Toebacklaan?'
Vledder lachte.
'Het is nog anders. Beide namen zijn vermoedelijk niet helemaal juist. Ik heb dat destijds eens geïnformeerd bij Dirk Dekema, gemeentearchivaris in Naarden. In de zeventiende eeuw woonde in Bussum ene Jan Jacobsz. Hij was "flessiaan", een oud woord voor caféhouder of slijter. Die Jan Jacobsz had als bijnaam "Jan Toebaxman". Hoe hij aan die bijnaam is gekomen vermeldt de geschiedenis niet. Vermoedelijk verbouwde hij ook tabak, wat eeuwen geleden in het Gooi veel gebeurde. In 1687 stichtte Jan Toebaxman aan de rand van Naarden aan de goed begaanbare weg van Amsterdam naar Amersfoort een herberg die hij de naam Sandbergen gaf, maar die naam kreeg bij het volk geen ingang. Iedereen sprak algauw van Jan Tabak. Het huidige hotel Jan Tabak staat niet meer op dezelfde plek als het Sandbergen van Jan Toebaxman. In 1813 werd de houten herberg van Jan Toebaxman door de Fransen verwoest.'
De Cock grinnikte.
'Die oude flessiaan zal nooit hebben vermoed dat zijn bijnaam tot de huidige dag vermaard is gebleven.'
Vledder gebaarde.
'De grens tussen Bussum en Naarden loopt midden door de Jan Toebacklaan. Aan de kant van Bussum woont John Bakkenhoven.'
'Wie is dat?'
'Vriend en adviseur van de schrijver Appie Baantjer.'
De Cock fronste zijn wenkbrauwen.
'Appie Baantjer, zei je?'
Vledder knikte.
'Appie Baantjer.'
De Cock drukte zich weer omhoog.
'Nooit van gehoord,' gromde hij.
Vledder keek hem verbijsterd aan.
'Hij schrijft over jou, al jaren, boekenkasten vol.'
De Cock zwaaide geprikkeld.

'Juist daarom, ik wil liever niets met die man te maken hebben. Hij is in mijn ogen een groot fantast. Als je de kans krijgt, blijf uit zijn buurt.'
Vledder grinnikte. Hoofdschuddend draaide hij vanaf de oude Rijksweg links de door statige bomen omzoomde Brediusweg op en zocht onmiddellijk daarna rechts zijn weg naar de Jan Toebacklaan. Daar minderde hij snelheid. Ongeveer halverwege parkeerde hij de Golf pal achter een glanzende Italiaanse limousine en stapte uit. De Cock volgde. Samen slenterden ze verder de schaars verlichte laan in.
Nummer 513 bleek een imposante villa, gebouwd in de stijl van de jaren dertig met grote brede ramen en ver overhangende houten dakgoten.
De Cock nam de omgeving in zich op. De bomen, heesters en struiken in de voortuin van de villa waren vrijwel kaal. Het slechte weer van november had de resten van de herfsttooi vroeg verwaaid. Door de takken heen zag hij dat in de villa een flakkerend licht brandde.
Het fraaie smeedijzeren hek naar de oprijlaan, zo merkte de oude rechercheur op, stond in het midden half open. Alsof iemand zich niet de tijd had gegund om de beide delen van het hek behoorlijk te sluiten. De Cock stopte de waarneming in de achterzak van zijn geheugen. Daarna stapte hij soepel tussen de hekhelften door en sjokte naar de voordeur. Het grove grind knarste onder zijn voeten. Vledder, waakzaam, volgde schuin achter hem.
Voor de zware, blankgelakte voordeur in de vorm van een toog, bleef De Cock staan en bezag het slot. Met tintelend genoegen constateerde hij dat de constructie van het slot hem vertrouwd was. Voor het eventueel onbevoegd openen voorzag hij geen problemen. Het apparaatje van zijn oude vriend en ex-inbreker Handige Henkie, was daarvoor uitermate geschikt.
Aan de muur, rechts van de deursponning, hing een glimmend gepoetste koperen plaat met '*H. Cooperbrander*' in zwarte verzonken letters.
De Cock drukte naast het naambord op een koperen bouton. In het inwendige van de villa dreunde luid een gong. De oude re-

chercheur wachtte geduldig. Seconden vergleden in minuten, maar er kwam geen reactie.
De Cock drukte voor de tweede keer. Toen na lange minuten opnieuw een reactie uitbleef, voelde de oude rechercheur aan de deurknop. Tot zijn verbazing draaide die mee. De deur bleek niet op slot.
De Cock hield de knop vast en zette zijn rechterknie tegen de deur. Langzaam, vrijwel zonder enig geluid, gleed de deur verder open. Voorzichtig stapte de oude rechercheur naar binnen. Vledder kwam hem oplettend na.
In de hal telde De Cock vier deuren. Hij koos de meest rechtse deur naar het vertrek waar hij door een kier een flakkerend licht waarnam. Toen hij die deur, omzichtig, op alles voorbereid, verder had geopend, constateerde hij tot zijn verwondering dat het flakkerend licht kwam van vlammende houtblokken in een open haard. Voorzichtig stapte hij verder. Plotseling bleef hij staan. Niet ver van het open haardvuur lag op een wit hoogpolig tapijt het lichaam van een man. Hij lag op zijn buik. Zijn armen lagen gestrekt langs zijn hoofd, zijn handen, ver voor zich uit, grepen geklauwd in het tapijt. In zijn brede rug stak hoog, trots, bijna uitdagend, een ponjaard. In het flakkerende licht van de houtblokken trilde aan de overzijde op een wit gemetselde muur, sterk vergroot, de schaduw van een kruis.
Vledder hijgde in zijn nek.
'Allemachtig.'

Koel, bijna achteloos, nam De Cock de situatie in zich op. Jarenlange ervaring had bij hem een haast fotografisch geheugen ontwikkeld. Daarna knielde hij bij het slachtoffer neer en bekeek de ponjaard aandachtig. Het wapen was volkomen gelijk aan de Ponjaard van het Kruis dat in de rug van Antonie de Lavaterne stak. Ook de plek waar het wapen in de rug van het slachtoffer was gedrongen, was vrijwel identiek, iets links van de ruggengraat. Het lemmet, zo overwoog de oude rechercheur, moet tussen de ribben door het hart hebben geraakt. Hij kende het gevolg: dood door een inwendige verbloeding.
De Cock hield de rug van zijn rechterhand even tegen de wang

van het slachtoffer. Daarna kwam hij omhoog. Zijn knieën kraakten.
Vledder keek hem van terzijde aan. Om zijn mond lag een grijns.
'Ik heb het je voorspeld,' sprak hij gniffelend, 'opnieuw een dode tempelier.'
De Cock knikte traag. Hij wees naar de dode op het tapijt.
'Als dit Henry Cooperbrander is.'
'Twijfel je daaraan?'
De Cock schudde zijn hoofd.
'Niet echt, maar we zullen dat toch moeten verifiëren. Mijn ervaring is dat men met de identiteit van een dode erg voorzichtig moet zijn.'*
De oude rechercheur blikte om zich heen. Buiten de dode man op het tapijt waren er geen sporen van misdrijf. Hij stootte Vledder met zijn elleboog aan.
'Kijk eens in de andere vertrekken van de villa of er naar iets is gezocht. En wees voorzichtig. De moordenaar is misschien niet ver weg.'
Vledder reageerde niet-begrijpend.
'Niet-ver-weg?'
De Cock knikte.
'Volgens mij is de dood van de man nog niet zo lang geleden ingetreden. Het lijk voelt nog warm aan. De lichaamstemperatuur van het slachtoffer is nauwelijks afgenomen. Ik wil best rekening houden met de hitte die de open haard verspreidt, maar geloof me, de moord vond minuten geleden plaats, geen uren.'
Vledder keek hem verschrikt aan.
'Je bedoelt dat de kans bestaat dat de moordenaar nog hier in huis is?'
De Cock zuchtte.
'Gezien de stand van het smeedijzeren hek vermoed ik dat hij of zij kort voor onze komst is gevlucht. Maar je mag de mogelijkheid dat hij of zij zich nog hier in dit huis ophoudt niet uitsluiten.'
'Zal ik in die andere vertrekken het licht aandoen?'

* Zie: *De Cock en moord op de Bloedberg*

De Cock schudde zijn hoofd.
'Gebruik je zaklantaarn en zorg ervoor dat het licht niet naar buiten uitstraalt. Ik wil...'
De oude rechercheur stokte. Zijn scherp gehoor had het geluid van voetstappen in het grind waargenomen. Iemand naderde de villa. Hij troonde Vledder mee naar een hoek van het vertrek, dat door het schijnsel van het haardvuur niet werd bereikt.
Het duurde luttele seconden, toen ging de deur van het vertrek open. In de deuropening verscheen de gestalte van een vrouw. In het halfduister waren haar gelaatstrekken niet te onderscheiden. Ze liep kalm in de richting van het openhaardvuur. Ineens sloeg ze haar handen voor haar gezicht. Haar snerpende gil resoneerde tegen de witgestucte muur waarop de flakkerende schaduw van het kruis stond afgetekend. De Cock liep vanuit zijn schuilhoek snel naar haar toe en ving haar op. In zijn armen verloor ze het bewustzijn.

Met behulp van de jonge Vledder droeg De Cock de bewusteloze vrouw naar een slaapvertrek en vlijde haar op bed. Hij deed het licht in de slaapkamer aan en bekeek haar gelaat. Hij schatte haar achter in de veertig. Om de diepe rimpels bij haar ogen te maskeren, was haar make-up te scherp aangezet en te overvloedig. Het gaf aan haar gezicht een onnatuurlijke expressie. Haar roodgeverfde stekeltjeshaar gaf daaraan nog een extra accent.
Ze droeg een zwartwollen, iets getailleerde mantel. De Cock maakte de bovenste knopen los, pakte een stoel en ging naast het bed zitten.
Na enkele minuten opende de vrouw haar ogen. Ze keek verschrikt om zich heen. Toen ze zich wilde oprichten, hield De Cock haar tegen. De oude rechercheur boog zich iets over haar heen.
'Mijn naam is De Cock,' sprak hij vriendelijk. 'De Cock met ceeooceekaa.' Hij wees naar het voeteneinde. 'Dat is mijn collega Vledder. Wij zijn rechercheurs van politie, verbonden aan het politiebureau aan de Warmoesstraat in Amsterdam. Wij kwamen hier om enige vragen te stellen.'
Hij pauzeerde even.
'Wie bent u?'

Ze probeerde zich opnieuw op te richten.
'Mevrouw Cooperbrander, Marianne Cooperbrander.' Haar lippen trilden. 'Wat is er met Henry gebeurd? Hij lag daar bij de haard met...'
De Cock onderbrak haar.
'Waar was u vanavond?'
'Ik?' reageerde ze verwonderd.
'Ja.'
'Bridgen. Ik bridge elke donderdagavond. Het is hier niet ver vandaan. Ik kan het lopend af. Soms brengt iemand mij naar huis, maar vanavond...'
Ze stokte.
'Wat is er met Henry gebeurd?'
De Cock kauwde even op zijn onderlip.
'Wij vonden hem vanavond in het donker bij het openhaardvuur.'
Mevrouw Cooperbrander knikte.
'Dat doet Henry graag, zitten in het donker bij het licht van de open haard. Dan voelt hij zich op zijn gemak, nemen zijn gedachten bezit van hem. Het vuur kalmeert en fascineert mijn man.'
De Cock knikte begrijpend.
'Had uw man vijanden?'
Mevrouw Cooperbrander kwam met een ruk overeind. Met toegeknepen lippen keek ze De Cock doordringend aan. Rond haar mond lag een krans van kleine rimpels.
'Had, u zei had. Dat is verleden tijd.'
De oude rechercheur knikte.
'U hebt goed geluisterd,' sprak hij gelaten. 'Uw conclusie is juist. Uw man is overleden. Iemand stak hem een ponjaard tussen zijn ribben.'
Zijn stem klonk harder dan zijn bedoeling was.
De mond van mevrouw Cooperbrander zakte open. Het duurde even voor de mededeling bezit van haar nam. Toen sperde ze haar groene ogen.
'Robert,' sprak ze bits. 'Het was Robert, Robert Finken. Een jongen met ontembare driften. Henry had vanavond een afspraak met hem.'

7

Rechercheur De Cock stapte de volgende morgen op het drukke Stationsplein redelijk verkreukeld uit een overvolle tramtrein van lijn dertien en sjokte te midden van een stroom haastige reizigers naar het brede trottoir van het Damrak. De voor begin november te vroeg gestarte winter had in de nacht schuchter een paar stappen terug gedaan. Een waterig zonnetje, geklemd tussen grillige stapelwolken, zette de oude geveltjes aan het water van het Damrak in een flets gelig licht. Het deed wat onwezenlijk aan, alsof de grote Regisseur voor de scène van de dag een verkeerde belichting had gekozen. Ook de oude beurs van Berlage had in het vale licht een vreemde uitstraling.
Bij de Oudebrugsteeg stak De Cock voor een aanstormende tramtrein van lijn negen in een strakke looppas de rijbaan van het Damrak over. Een knap jong hoertje, komend vanuit de Lange Niezel, wuifde vrolijk lachend in zijn richting. De Cock in draf was een komisch gezicht. De oude rechercheur nam hijgend, doch beleefd zijn hoedje voor haar af.
Bij de ingang van de schippersbeurs keek hij even links omhoog naar de oude gevelspreuk *De Cost gaet voor de Baet uit* en stapte verderop links de Warmoesstraat in.
In de hal van het politiebureau blikte hij glimlachend naar Jan Kusters achter de balie. Met een stotterend *oui-oui*, brede armgebaren en diepe zuchten stond de wachtcommandant een kakelend groepje Franse toeristen te woord. Een moment overwoog De Cock om hem bij te staan, maar realiseerde zich bijtijds dat ook zijn kennis van de Franse taal voor een adequate hulp ontoereikend was. Grijnzend besteeg hij de trappen naar de tweede etage.
Toen hij de grote recherchekamer binnenstapte, trof hij Vledder achter zijn computer. De rappe vingers van de jonge rechercheur dansten over de toetsen. Toen Vledder zijn oude collega in het oog kreeg, liet hij zijn vingers rusten.

'Je bent laat,' riep hij bestraffend.
De Cock wierp zijn oude hoedje missend naar de kapstok en wurmde zich uit zijn regenjas. Daarna raapte hij zijn hoedje van de vloer, hing het aan een haak en liep op Vledder toe.
'Wat zei je?' vroeg hij lachend.
'Je bent laat.'
De Cock wees naar de grote klok boven de toegangsdeur.
'Je hebt gelijk,' sprak hij toegevend. 'Laat, exact één uur en dertien minuten.' Hij grinnikte. 'En ik voel mij niet eens schuldig.'
Vledder bromde.
'Commissaris Buitendam was hier vanmorgen om negen uur al aan mijn bureau.'
De Cock gniffelde.
'Dat is geen kunst,' sprak hij minachtend. 'Zolang ik hem ken, doet de commissaris 's avonds en 's nachts geen onderzoeken. Dat laat hij aan ons over. Zelf ligt hij elke dag voor tienen in zijn bed.'
Het gezicht van Vledder betrok.
'Hij was woedend.'
'De commissaris?'
'Ja.'
'Waarover?'
Vledder trok zijn schouders op.
'Dat heeft hij mij niet gezegd, maar zijn gezicht stond op zeven dagen storm. Waar is De Cock, vroeg hij briesend. Ik wees naar de lege stoel achter jouw bureau.'
'En toen?'
'Hij riep dat je onmiddellijk bij hem moest komen en stormde toen dreunend de kamer af.'
De Cock trok een grijns.
'Dat "onmiddellijk",' sprak hij achteloos, 'kan hij voorlopig even vergeten. Ik wacht wel tot zijn woede wat is bekoeld. Bovendien snap ik niet wat Buitendam nu weer heeft te mekkeren.'
De oude rechercheur nam achter zijn bureau plaats.
'Weet je al iets meer over die jongen met zijn ontembare driften?'
'Robert Finken?'
'Zo noemde mevrouw Cooperbrander hem toch?'

Vledder glimlachte.
'Ik ben eens de biecht gaan afnemen bij een vriend van mij, een bekend sportjournalist, die bijna al onze sporthelden van nabij kent.'
'En?'
'Robert Finken is volgens mijn vriend een fortuinjager, voortdurend op zoek naar mogelijkheden en middelen om aan geld te komen. Veel geld. Hij leerde Vera de Koning op de tennisbaan kennen, trouwde met haar, maar toen hij erachter kwam dat na de dood van de oude De Koning van het fortuin van de familie weinig was overgebleven, verliet hij haar en drong op een scheiding aan.'
De Cock knikte.
'Dat beeld klopt wel. Mevrouw Cooperbrander vertelde ons gisteravond dat Robert Finken de Broederschap van het Kruis had voorgesteld om hem in ruil voor wat shirtreclame te sponsoren. Dat was volgens haar de basis van het gesprek dat haar man, als de belangrijkste tempelier van de broederschap, met Robert Finken zou voeren. Zijn vader, Frederik Finken, had, zo meende zij van haar man begrepen te hebben, in de boezem van de broederschap over die mogelijke sponsoring al voorbesprekingen gevoerd. Het lijkt mij onzin: zo'n geheimzinnige broederschap zal nooit aan sponsoring doen, maar goed.'
De Cock grinnikte.
'Die Frederik Finken maakte op mij ook geen betrouwbare indruk. Hij loog in ieder geval over zijn betrekkingen met het echtpaar De Lavaterne. Gabriëlle de Lavaterne was heel beslist, zij kende geen Frederik Finken. Ik betwijfel zelfs of hij ooit met Antonie de Lavaterne bevriend is geweest.'
Vledder fronste zijn wenkbrauwen.
'Robert Finken was volgens mevrouw Cooperbrander geen lid van de Broederschap van het Kruis. Hij heeft in het verleden wel geprobeerd om net als zijn vader lid van de organisatie te worden, maar werd geweigerd.'
De jonge rechercheur beet op zijn onderlip.
'Zou Frederik Finken dat gesprek van zijn zoon met de tempelier Cooperbrander hebben gearrangeerd?'

'Dat lijkt mij heel aannemelijk.'
Vledder zuchtte.
'Maar of dat gesprek tussen Robert Finken en Henry Cooperbrander gisteravond ook werkelijk heeft plaatsgevonden, weten we niet. Ik vond in de keuken van de villa in Naarden twee omgespoelde wijnglazen. Ik neem niet aan dat de dode Henry Cooperbrander die glazen zelf naar de keuken heeft gebracht.'
De Cock krabde zich achter in zijn nek.
'Het heeft er veel van weg,' sprak hij somber, 'dat de laatste bezoeker van Henry Cooperbrander het ongewenst achtte dat zijn of haar vingerafdrukken in de Naardense villa werden aangetroffen.'
De oude rechercheur zweeg even.
'Vond jouw vriend de sportjournalist Robert Finken ook een man met ontembare driften?'
Vledder knikte traag.
'Ondanks zijn grote prestaties als wegrenner en schaatser is hij in sportkringen niet erg gezien. Mijn vriend sprak van een man met een kort lontje, een man die zijn driften niet beheerst en snel ontploft.'
De Cock strekte zijn vinger naar de jonge rechercheur uit.
'En die via zijn vader, lid van de bloedraad, over een Ponjaard van het Kruis kon beschikken.'
Vledder trok zijn gezicht strak.
'Als Robert Finken die ponjaard bewust mee naar Naarden heeft genomen...'
Hij maakte zijn zin niet af.
De Cock keek hem schuins aan.
'Je bedoelt, voor het geval dat de tempelier Cooperbrander namens de broederschap afwijzend zou beslissen over een mogelijke sponsoring...'
Vledder knikte met een ernstig gezicht.
'Dan is er wettelijk gezien zelfs sprake van een *voorbedachten rade*.'
De Cock gromde.
'En is de dood van Henry Cooperbrander geen gevolg van een kort lontje, geen uiting van ontembare driften, maar een weloverwogen daad.'

Vledder keek zijn oudere collega schattend aan.
'Zullen we hem arresteren?'
De Cock schudde zijn hoofd.
'Hij is een mogelijke verdachte. Maar voorlopig hebben we te weinig bewijsmateriaal. Met louter suggesties overtuig je geen enkele rechter.'
Hij zweeg even.
'Heb je dokter Rusteloos vanmorgen al aan de lijn gehad?'
Vledder knikte.
'De sectie op het lijk van Antonie de Lavaterne is vanmiddag om twee uur op Westgaarde. Dokter Rusteloos kon niet eerder in Amsterdam zijn. Hij had vanmorgen nog twee secties, een dubbele moord in Utrecht.'
De Cock stak zijn wijsvinger omhoog.
'Vergeet je niet om in zijn fouillering te zoeken naar een mogelijke sleutel van dat pand aan de Herengracht? Als hij geen sleutel had, dan werd hij binnengelaten door iemand die wel over een sleutel kon beschikken. Dat kan een belangrijke aanwijzing worden.'
Vledder knikte begrijpend.
'Ik neem zijn hele fouillering mee. Misschien heeft hij papieren bij zich, een agenda of andere bescheiden die ons verder op weg kunnen helpen.'
De Cock plukte aan het puntje van zijn neus.
'Denk nog eens na,' sprak hij peinzend, 'zou er een verband bestaan tussen de moord op Antonie de Lavaterne en Henry Cooperbrander?'
Vledder spreidde zijn handen.
'Ze waren beiden tempelier van de Broederschap van het Kruis en werden beiden op exact dezelfde wijze met een ponjaard om het leven gebracht.'
'Maar verder?'
Vledder trok zijn schouders op.
'Verder niets.' Hij keek de oude rechercheur vragend aan. 'Vind je het niet genoeg?'
De Cock antwoordde niet.
De rechercheurs verzonken in gedachten.

Het rinkelen van de telefoon op het bureau van De Cock verbrak hun overpeinzingen.
Vledder boog zich voorover, greep de hoorn en luisterde. Zonder iets te zeggen legde hij de hoorn op het toestel terug.
De Cock keek hem vragend aan.
'Wie was dat?'
De jonge rechercheur grinnikte.
'Buitendam, hij briest nog steeds.'

Commissaris Buitendam, de lange, statige chef van het bekende politiebureau aan de Amsterdamse Warmoesstraat, wenkte met een slanke hand. Het felle rood van woede was uit zijn gezicht getrokken. Met een vrijwel normale gelaatskleur knikte hij de grijze speurder bemoedigend toe.
'Kom binnen, De Cock,' sprak hij geaffecteerd, 'en ga zitten.'
Hij kwam achter zijn bureau vandaan en gebaarde uitnodigend naar het zitje van stalen meubelen bij het raam, waar de commissaris slechts zijn prominente gasten ontving.
De grijze speurder trok zijn gezicht in een onwillige plooi. Nors en ontoegankelijk. Toenaderingen van zijn chef wees hij in de meeste gevallen koel en hooghartig van de hand. Hij had geen hekel aan zijn commissaris, maar leefde met hem toch op enigszins gespannen voet. De Cock hield dat graag zo, beducht voor elke inmenging in zijn wijze van onderzoek.
'Als het u hetzelfde is, ik blijf graag staan.'
Op het bleke gezicht van de commissaris kwam weer een lichte blos.
'Zoals je wilt.' Hij liep terug naar zijn bureau en nam wat stijfjes plaats. Daarna strekte hij zijn rechterhand in de richting van de oude rechercheur.
'Wat is onmiddellijk?' vroeg hij toornig.
De Cock kon een glimlach niet bedwingen.
'Ogenblikkelijk,' antwoordde hij vriendelijk, 'onverwijld, direct, stante pede, zonder enig dralen.'
Buitendam knikte heftig.
'Prachtig,' gromde hij. 'Je kent de synoniemen, maar inhoudelijk heeft het voor jou blijkbaar geen enkele betekenis. Volgens

mijn informatie van de wachtcommandant beneden ben je al meer dan een uur geleden aan het bureau gearriveerd. Jouw interpretatie van het begrip "onmiddellijk" verdient wel enige correctie.'
De Cock maakte een verontschuldigend gebaar.
'Vledder en ik raakten in een discussie over de moorden waarmee wij gisteren zijn geconfronteerd. Die discussie deed mij het strakke "onmiddellijk" van u vergeten. Daarvoor mijn excuses.'
Commissaris Buitendam trok zijn kin omhoog.
'Geaccepteerd,' reageerde hij kort.
De Cock boog zich iets naar hem toe.
'Wat was de feitelijke reden van uw... eh, uw onmiddellijk?'
Buitendam zuchtte.
'Ik ben gisteravond nog heel laat gebeld door vertegenwoordigers van de politie uit de regio Gooi- en Vechtstreek.'
De Cock begreep onmiddellijk waarom de commissaris was benaderd. Hij had in het verleden dikwijls problemen gehad met politie buiten de regio Amsterdam.
'Hebben ze al vorderingen gemaakt met hun onderzoek?' vroeg hij ontwijkend.
Commissaris Buitendam schudde zijn hoofd.
'Ze hadden klachten.'
'Waarover?'
'Jouw optreden.'
'Wat was daar mis mee?'
Commissaris Buitendam ademde diep in.
'Jouw gedrag bij een moord in een villa in Naarden heeft bij de politie van de regio Gooi- en Vechtstreek nogal irritaties gewekt.'
De Cock keek hem niet-begrijpend aan.
'In welk opzicht?'
'Vledder en jij hadden jullie optreden in hun regio van tevoren moeten melden.'
De Cock spreidde zijn handen.
'Tijdens ons onderzoek naar de moord op ene Antonie de Lavaterne op de Herengracht viel de naam van Henry Cooper-

brander, woonachtig in Naarden. Omdat hij ons mogelijk belangrijke inlichtingen kon verschaffen, wilden we eens met die man praten.'
'En vonden zijn lijk.'
'Precies.'
'En daarbij had je het moeten laten.'
De Cock snoof.
'Dat meent u toch niet in ernst? Het lichaam van het slachtoffer voelde nog zo warm aan, dat de mogelijkheid niet was uitgesloten dat de dader van de moord nog in de directe nabijheid was.'
Commissaris Buitendam schudde verwijtend zijn hoofd.
'Je had onmiddellijk de politie van de regio Gooi- en Vechtstreek moeten inschakelen.'
De Cock zuchtte diep.
'Dat hebben we gedaan.'
Buitendam schudde opnieuw zijn hoofd.
'Ik memoreerde het al eerder. Jouw interpretatie van het begrip "onmiddellijk" verdient wel enige correctie. Vledder heeft zonder enige bevoegdheid de gehele villa doorzocht en jij hebt een uitgebreid verhoor gepleegd.'
De Cock maakte een afwerend gebaar.
'Mevrouw Cooperbrander kwam thuis vrijwel op hetzelfde moment dat wij het lijk van haar man ontdekten.'
'En?'
De Cock snoof.
'Ik... ik,' stotterde hij, 'moest haar toch de reden van mijn aanwezigheid in haar villa verklaren. Dat is toch betamelijk, een staaltje van fatsoen.'
'Je hebt naar haar alibi gevraagd.'
De Cock voelde de woede in zijn aderen kruipen.
'Zij was op dat moment ook een redelijke verdachte,' reageerde hij luid. 'In de buurt bij een nog warm lijk.'
De oude rechercheur deed een stap dichter naar het bureau van de commissaris en tikte met zijn gekromde wijsvinger op zijn borst.
'Ik ben een politieman,' riep hij emotioneel, 'een politieman in

hart en nieren. Ik denk als een politieman, ik voel als een politieman. Ik kan die andere "ik" toch niet uit mijn lijf bannen op het moment dat ik een ernstig misdrijf ontdek.'
Hij ademde diep in.
'En als u als leider van een grote groep dienders en rechercheurs dat niet begrijpt, als u niets voelt van hetgeen er in die mensen omgaat, pak dan uw spulletjes bij elkaar en verdwijn uit dit bureau.'
Commissaris Buitendam kwam met een ruk uit zijn stoel overeind. Hij zag rood tot in zijn nek en zijn neusvleugels trilden. Bevend strekte hij zijn arm naar de deur.
'Eruit.'
De Cock ging.

8

Toen De Cock na het stormachtig onderhoud met commissaris Buitendam in de grote recherchekamer terugkwam, keek Vledder hem schattend aan.
'Was het weer zover?'
De Cock knikte met een grijns.
'Onze collega's van de regio Gooi- en Vechtstreek hebben zich gisteravond bij Buitendam beklaagd.'
Vledder reageerde met verwondering.
'Waarover?'
De Cock grinnikte vreugdeloos.
'We hadden onze komst naar Naarden vooraf moeten aankondigen. We hadden na de ontdekking van de moord de villa aan de Jan Toebacklaan niet mogen onderzoeken op een mogelijk nog aanwezige dader en ik had mevrouw Cooperbrander niet naar een alibi mogen vragen.'
'Onzin.'
De Cock knikte.
'Je hebt gelijk, pure onzin. Maar onze commissaris Buitendam gaat op dergelijke klachten in. Bloedserieus. Hij begrijpt niets van ons werk. En dat maakt me razend. Die man is zo'n pure ambtenaar, dat hij zijn eigen moeder zou bekeuren als ze verkeerd de straat overstak.'
Vledder gniffelde.
'En dat heb je hem gezegd?'
De Cock maakte een weids gebaar.
'Ik heb hem gezegd dat hij beter zijn spulletjes bij elkaar kon pakken en uit dit bureau kon verdwijnen als hij niet meer begrip kon opbrengen voor hetgeen er in ons politiemensen leeft.'
Vledder schaterde.
'En toen joeg hij jou zijn kamer af.'
'Ja.'

'Vind je het gek?'
De Cock schudde glimlachend zijn hoofd.
'Het was de gebruikelijke procedure, een rood hoofd en een brede armzwaai in de richting van de deur.'
De oude rechercheur zuchtte omstandig.
'Ik vrees dat het tussen Buitendam en mij nooit meer goed komt.'
Vledder knikte geruststellend.
'Wie van jullie gaat als eerste met pensioen?'
'Ik.'
'Wedden dat hij bij jouw afscheid een grabbelton lovende woorden over je uitstort?'
De Cock maakte een grimas, maar reageerde verder niet. De telefoon op zijn bureau rinkelde. Vledder boog zich naar voren, greep de hoorn en luisterde. Na luttele seconden hield de jonge rechercheur zijn hand voor het spreekgedeelte. Hij keek naar De Cock op.
'De wachtcommandant. Beneden aan de balie staat een meneer Cooperbrander.'
De oude rechercheur gniffelde.
'Die is dood.'
Het klonk als een grap.
Vledder schudde zijn hoofd.
'Volgens de wachtcommandant staat hij in levenden lijve voor hem aan de balie en wil jou spreken.'
'Waarover?'
'Dat wil hij de wachtcommandant niet zeggen.'
De Cock maakte een berustend gebaar.
'Laat de nog levende Cooperbrander komen.'

De man die de grote recherchekamer binnenstapte, was lang en breed. De Cock schatte hem op voor in de dertig. Hij droeg een beige regenjas met ceintuur, waardoor zijn slanke taillelijn geaccentueerd werd. Met soepele tred liep hij op de grijze speurder toe.
'U bent rechercheur De Cock?' vroeg hij jubelend.
De oude rechercheur keek langs de regenjas omhoog en blikte

in een knap gezicht met een scherpe neus en een iets vooruitstekende kin. Nadat hij de gelaatstrekken van de man goed in zich had opgenomen, knikte hij gelaten.
'De Cock met... eh, met ceeooceekaa,' antwoordde hij rustig. Hij wees voor zich uit. 'En dat is mijn jonge collega Vledder. Wij vormen al jaren een eenheid.'
De man schonk Vledder een minzaam knikte. Zonder daartoe te zijn uitgenodigd nam hij vervolgens op de stoel naast het bureau van De Cock plaats. Met een grijns op zijn gezicht boog hij zich in de richting van de oude rechercheur.
'Moeder stuurt me.'
De Cock trok een denkrimpel in zijn voorhoofd.
'Waarom?'
'Dat zal ik u uitleggen.'
'Wie is uw moeder?'
'Marianne Cooperbrander.'
'En wie bent u?'
De man verschoof iets op zijn stoel. De snelle vragen van De Cock verwarden hem zichtbaar.
'Ik... eh,' stamelde hij, 'ik ben Albert, Albert Cooperbrander. Ik ben haar zoon, haar enige zoon.'
De Cock knikte begrijpend.
'En welke opdracht heeft de enige zoon van zijn moeder meegekregen?'
Albert Cooperbrander antwoordde niet direct. Hij knoopte de ceintuur van zijn regenjas los.
'Het... eh, het was geen duidelijke opdracht,' sprak hij timide. 'Moeder wilde iets rechtzetten.'
'Wat?'
Albert Cooperbrander zuchtte.
'Ik woon hier in Amsterdam met mijn vriendin. Gisteravond laat belde moeder mij en vertelde wat er met vader was gebeurd. Ik ben toen onmiddellijk naar haar toe gegaan. Ik ben ook vannacht bij haar gebleven.'
Hij zweeg even. Nadenkend.
'Moeder vertelde mij dat zij u gisteravond had ontmoet en met u had gesproken over... eh, over Robert Finken. Hij had die

avond een afspraak met vader. Moeder was achteraf van mening dat zij te impulsief was geweest en Robert Finken ongegrond en ondoordacht van moord op mijn vader had beschuldigd.'

'Ongegrond en ondoordacht?'

Albert Cooperbrander knikte.

'Het was een opwelling van haar.'

De Cock veinsde verbazing.

'Ik kreeg gisteravond het idee dat uw moeder heel goed wist wat ze zei,' sprak hij protesterend. 'Zij omschreef Robert Finken als een jongen met ontembare driften en die omschrijving komt aardig overeen met de realiteit. Robert Finken schijnt inderdaad een kruidje-roer-mij-niet te zijn, die zijn driften moeilijk beheerst.'

Albert Cooperbrander spreidde zijn armen.

'Hij is gisteravond niet in Naarden geweest.'

'Wie niet?'

'Robert Finken.'

De Cock fronste zijn wenkbrauwen.

'Hoe weet u dat?'

In zijn stem trilde verwondering.

'Zijn vader heeft gisteravond laat moeder gebeld om zijn zoon te verontschuldigen voor het feit dat hij zijn afspraak met mijn vader niet was nagekomen.'

De Cock reageerde geschrokken.

'Zijn vader belde uw moeder?'

Albert Cooperbrander knikte.

'Robert Finken was de afspraak met vader vergeten. Robert zat daar erg over in. Hij heeft zijn vergeetachtigheid bij zijn vader opgebiecht.'

'En die heeft gebeld, namens zijn zoon.'

'Ja.'

'Hoe laat was dat?'

Albert Cooperbrander tuitte zijn lippen.

'Ik dacht vannacht, een uur of twee. Moeder en ik waren nog wakker. De plotselinge dood van vader hield ons bezig. Van slapen was geen sprake. Het rinkelen van de telefoon verraste ons volkomen. Wie belt er nu nog zo laat?'

De Cock streek peinzend met zijn rechterhand over zijn kin.
'Waren de rechercheurs van de regio Gooi- en Vechtstreek toen al klaar met hun onderzoek ter plekke?'
Albert Cooperbrander knikte.
'Nadat het lichaam van vader was afgevoerd, zijn ook zij vertrokken. Zij zouden nog terugkomen om moeder nader te verhoren.'
De Cock schoof zijn onderlip vooruit.
'Heeft uw moeder haar bedenkingen jegens Robert Finken ook tegen die rechercheurs geuit?'
Albert Cooperbrander trok zijn schouder op.
'Dat weet ik niet. Ik heb het haar ook niet gevraagd. Ze zei mij dat zij al spijt van haar woorden had onmiddellijk nadat u was vertrokken.'
'Dus voor vader Finken had gebeld.'
'Precies.'
'Kent u Robert Finken?'
'Ik ben met hem bevriend geweest.'
'Geweest?'
Albert Cooperbrander knikte.
'Robert Finken is geen man voor langdurige vriendschappen. Hij houdt te veel van zichzelf.'
De Cock glimlachte.
'Een moderne ziekte met epidemische trekjes.'
Albert Cooperbrander knikte.
'Robert Finken offert een ieder aan zichzelf op.'
De Cock beluisterde de toon. Daarna keek hij de man voor zich doordringend aan.
'Acht u hem tot een moord in staat?'
'Robert Finken?'
De Cock knikte instemmend.
'Robert Finken,' herhaalde hij mat.
Albert Cooperbrander ademde diep in.
'Zeker, als iets of iemand hem dwarszit. Robert is een driftkop.'
'Moord op uw vader?'
Albert Cooperbrander liet zijn hoofd zakken.

'Ik... eh, ik ben hier op verzoek van mijn moeder,' sprak hij ontwijkend.
De Cock strekte zijn wijsvinger naar hem uit.
'Dat zei u: moeder stuurt me. Maar dat is geen antwoord op mijn vraag.'
Albert Cooperbrander bracht zijn hoofd weer omhoog. Secondenlang staarde hij voor zich uit in het niets.
'Ik... eh,' begon hij aarzelend, 'ik heb er niet met moeder over gesproken, maar gezien in het licht van hetgeen gisteren met vader is gebeurd, vond ik het late telefoontje van Finken uiterst merkwaardig.'
De Cock simuleerde verbazing.
'In welk opzicht?'
Albert Cooperbrander zwaaide geëmotioneerd.
'Het tijdstip,' reageerde hij plotseling hij luid. 'Vader en moeder gaan gewoonlijk bijtijds naar bed. Vader Finken weet dat. Voor een verontschuldiging maakt men toch niet iemand midden in de nacht wakker? Ik kreeg de indruk dat hij moeder en mij per se duidelijk wilde maken dat Robert die avond niet in Naarden was geweest.'
De Cock hield zijn hoofd iets scheef.
'Alsof hij al wist wat er met uw vader was gebeurd?'
'Inderdaad, die indruk kreeg ik.'
De Cock keek hem begrijpend aan.
'U wilt zeggen, vader Finken werkte aan een alibi.'
Albert Cooperbrander knikte met een ernstig gezicht.
'Een alibi voor zijn zoon.'

Toen Albert Cooperbrander de grote recherchekamer had verlaten, keek Vledder zijn oudere collega vragend aan.
'Denk je echt dat vader Finken midden in de nacht de vrouw van Henry Cooperbrander belde om zijn zoon Robert een alibi te verschaffen?'
De Cock trok zijn schouders iets op.
'Het is een reële mogelijkheid,' antwoordde hij voorzichtig. 'Maar niet wijs.'
'Hoe bedoel je?'

'Albert Cooperbrander vond dat late telefoontje naar zijn moeder ronduit verdacht. Het wekte bij hem de nodige argwaan. Een argwaan die ik met hem deel. En dat zal zeker niet de bedoeling van vader Finken zijn geweest.'
'Wat doen we met vader en zoon Finken?'
'Niets.'
Vledder keek hem verrast aan.
'Niets?'
De Cock knikte. Hij wees naar de grote klok boven de toegangsdeur van de grote recherchekamer.
'Als jij straks naar Westgaarde gaat voor de gerechtelijke sectie op het lijk van Antonie de Lavaterne, neem ik contact op met onze collega's van de regio Gooi- en Vechtstreek. De dood van Henry Cooperbrander is hun zaak.'
Vledder slikte.
'Jij wilt hun vertellen wat wij omtrent vader en zoon Finken te weten zijn gekomen?'
'Ja.'
'Jij wilt hen helpen hun moordzaak op te lossen?'
'Ja.'
'Zij hebben ons gisteravond bij commissaris Buitendam gemeen belasterd.'
De Cock glimlachte.
'Je mag geen kwaad met kwaad vergelden.'
Vledder keek hem peinzend aan.
'Een kreet van je oude moeder?'
De Cock knikte bedaard.
'Je begint haar al aardig te kennen.'

Met een grauw gezicht kwam Vledder sjokkend de grote recherchekamer binnen en liet zich puffend op zijn stoel achter zijn bureau zakken.
'Ik kwam in de spits terecht,' sprak hij blazend. 'Ik denk dat ik er bijna twee uur over heb gedaan om van Westgaarde naar de Warmoesstraat te komen. Amsterdam is een stad met aderverkalking. Volkomen dichtgeslibd. Als je eenmaal vastzit, kun je geen kant meer uit.'

De Cock knikte begrijpend.
Toen het grauw uit het gezicht van Vledder iets was weggetrokken, zei hij: 'Ik heb onze collega's van de regio Gooi- en Vechtstreek volledig ingelicht. Ze zullen vader en zoon Finken benaderen en mocht het iets opleveren, dan zullen ze ons daarover informeren.'
Vledder grinnikte.
'Toch vriendelijk van ze,' sprak hij spottend. 'Heb je nog iets gezegd over hun klacht bij Buitendam?'
De Cock schudde zijn hoofd,
'Het is beter die zaken niet op de spits te drijven. Misschien hebben wij hen in de toekomst weer nodig.'
'Ik vind het toch een rotstreek.'
De Cock reageerde niet.
'Ik heb tijdens jouw verblijf op Westgaarde ook een bezoek gebracht aan Gabriëlle de Lavaterne. Ze bezwoer mij nog eens dat ze geen Frederik Finken kende en dat zij betwijfelde of haar man ooit met hem bevriend was.'
De oude rechercheur zweeg even voor het effect.
'En, op mijn verzoek, toonde ze mij de ponjaard van haar man.'
Vledder snoof.
'Het betekent niet dat ik haar als mogelijke verdachte uitsluit.'
De Cock liet het onderwerp rusten.
'Hoe was de sectie?' vroeg hij belangstellend.
Vledder maakte een wegwerpgebaar.
'Vervelend,' gromde hij. 'Dokter Rusteloos had de pest in. Hij kankerde over een te hoge werkdruk, te veel gerechtelijke secties op één dag, wilde een betere salariëring voor het zware werk dat hij deed.'
De jonge rechercheur gromde opnieuw.
'Het enige belangrijke dat hij opmerkte, was dat de steek met de ponjaard professioneel was toegebracht, links van de ruggengraat en tussen de ribben door. Het hart werd vol geraakt.'
'Heeft Kreuger de ponjaard nog op dactyloscopische sporen onderzocht?'
Vledder knikte.

'Voor Rusteloos aan zijn sectie begon.'
'En?'
'Niets. Schoongeveegd.'
De Cock stak zijn open rechterhand naar Vledder uit.
'Sleutels?'
Vledder grinnikte.
'Ik heb alle sleutels die ik in zijn kleding kon vinden, meegenomen. Zijn fouillering leverde niets op. Hij had geen agenda bij zich, ook geen legitimatiebescheiden, alleen een portefeuille met creditcards en een klein bedrag aan geld.'
Vledder tastte in een zijzak van zijn colbert en schoof De Cock een bos sleutels toe. 'Ik weet niet,' verzuchtte hij, 'of daar een sleutel bij zit van dat pand aan de Herengracht. Ik heb geen idee hoe die sleutel eruit moet zien.'
De Cock bekeek de sleutels met kennersblik.
'Buiten deze bos had hij geen sleutels bij zich?'
Vledder schudde zijn hoofd.
'Dat was alles.'
De Cock keek hem vragend aan.
'Je zei: ik heb alle sleutels die ik in zijn kleding kon vinden meegenomen, je hebt toch geen sleutels die los van deze bos waren, later daaraan bevestigd?'
'Is dat belangrijk?'
De Cock knikte.
'Een sleutel los van de bos duidt in de regel op een aparte status. Een sleutel aan een bos betekent dat de sloten die de eigenaar daarmee kan openen tot zijn eigen gebruiksterrein behoren.'
Vledder boog beschaamd.
'Er was een losse sleutel,' sprak hij timide. 'Die zat in de rechter zijzak van zijn colbert. Voor het gemak heb ik die aan die bos geschoven.'
'Weet je nog welke sleutel dat was?'
De jonge rechercheur schudde zijn hoofd.
'Ze lijken allemaal op elkaar.'
De Cock stond van zijn stoel op, pakte de sleutelbos, stak die in zijn broekzak en slofte naar de kapstok.

Vledder kwam hem na.
'Waar ga je heen?'
De Cock draaide zich half om.
'Naar de Herengracht, kijken of een van die sleutels op de deur van het souterrain past.'

Het schemerde toen ze op de houten steiger achter het politiebureau naar hun Golf stapten. Vledder drukte het contactsleuteltje in de hand van De Cock.
'Rij jij maar eens. Ik heb er na die paar uur in de spits geen zin meer in.'
De Cock trok gelaten zijn schouders op. Hij hees zich achter het stuur en reed in een verkeerde versnelling de steiger af naar de Oudebrugsteeg en verder het Damrak op. Na wat horten en stoten en een noodstop voor een zebrapad, bereikte hij de Herengracht en vond daar een parkeerplaatsje aan de walkant tussen de bomen.
De rechercheurs stapten uit en slenterden langs een bruine haag van Amsterdammertjes naar het imposante pand.
De Cock nam de sleutelbos uit zijn broekzak en koos een sleutel met een sleutelbaard die hem geschikt leek. Na de derde poging gaf het slot mee en duwde hij de deur van het souterrain open.
Hij draaide zich half om naar Vledder.
'Zullen we nog even binnen kijken?'
Vledder gebaarde voor zich uit.
'Mij best.'
Hij tikte De Cock op zijn schouder. 'Antonie de Lavaterne had dus een sleutel van dit pand. Hij hoefde door niemand te worden binnengelaten.'
De Cock knikte.
'De vraag is: met wie had hij een afspraak? En waarom juist hier?'
Vledder vond geen antwoord.
Vanuit de keuken, waar nog niet zo lang geleden met een ponjaard in de rug het lijk van Antonie de Lavaterne lag, bereikten zij via een houten draaitrap een hoger gelegen verdieping. Bo-

ven aan de trap bleef De Cock staan. Zijn scherp gehoor had het geluid van voetstappen waargenomen. Hij hield zijn wijsvinger voor zijn mond.
'Er is iemand,' fluisterde hij zacht.
Voorzichtig ging hij verder. Vledder volgde in zijn kielzog.
De trap leidde naar een brede marmeren gang. Half in die gang bleef De Cock opnieuw staan en luisterde intens. Het geluid van de voetstappen trilde schuin boven hun hoofd. De oude rechercheur pakte zijn zaklantaarn en liet het licht door de brede gang dwalen. Het ovaal rustte even bij wulpse engeltjes aan het plafond. Behoedzaam sloop hij verder en gromde binnensmonds omdat zijn leren schoenen kraakten. Midden in de gang vond hij een trap omhoog. Toen hij even omkeek naar Vledder zag hij dat de jonge rechercheur zijn dienstpistool in zijn rechterhand had.
De Cock kneep zijn lippen samen.
'Doe dat ding weg,' siste hij tussen zijn tanden. 'Je zou er iemand pijn mee kunnen doen.'
Vledder trok met een scheve mond een grijns, maar gehoorzaamde gedwee. Achter De Cock aan hees hij zich de trap op. Boven aan de trap, in een brede gang met een houten lambrisering, bleef de oude rechercheur opnieuw staan en luisterde. Hij lokaliseerde het geluid van de voetstappen in een vertrek aan de voorzijde van het pand.
Bijna aan het einde van de gang ontdekte hij een smalle lichtstraal onder een gesloten deur. Hij beduidde Vledder aan de andere zijde van de deur te gaan staan. Daarna duwde hij de kruk voorzichtig naar beneden. Met een ferme trap schopte hij deur met een knal open en stormde het vertrek binnen. Vledder volgde.
Bij een halfopen kastdeur stond een man in een lang grijs gewaad. Met verschrikte ogen staarde hij naar de rechercheurs die op hem toestormden. In een reflex bracht hij zijn beide armen omhoog.
De Cock bleef voor de man staan.
'Doe uw armen maar naar beneden,' sprak hij rustig.
De man liet met een zucht zijn armen zakken.

De oude rechercheur keek hem observerend aan. Hij schatte de man op achter in de zestig. Hij had lang golvend zilverkleurig haar en een volle baard. Het grijze gewaad dat hij droeg, had zwartfluwelen randen aan wijde mouwen. Ook de zoom was van zwart fluweel.
De Cock spreidde zijn handen in een hulpeloos gebaar.
'Wie bent u, wat doet u hier?'
De man glimlachte.
'Ik zou die vraag ook aan u kunnen stellen.'
De oude rechercheur knikte.
'U hebt gelijk. Mijn naam is De Cock, met ceeooceekaa.' Hij duimde over zijn schouder. 'En dat is mijn collega Vledder. Wij zijn als rechercheur verbonden aan het politiebureau in de Warmoesstraat.'
De man glimlachte opnieuw.
'Rechercheurs,' sprak hij begrijpend 'geïnteresseerd in de moord op mijn tempelier De Lavaterne.'
'Uw tempelier?'
De man strekte zijn rug en knikte.
'Ik ben François Eugène Vidocq, grootmeester van de Broederschap van het Kruis.'

9

De Cock fronste zijn wenkbrauwen.
'Grootmeester?' vroeg hij verbaasd.
François Eugène Vidocq knikte.
'Hoogste waardigheidsbekleder van onze Broederschap,' sprak hij met enige pathos. 'Verantwoordelijk voor het leven en welzijn van allen die tot de Broederschap van het Kruis behoren.'
De Cock liet zijn blik langs de kleding van de grootmeester glijden.
'Opereert u altijd in dit gewaad?'
In zijn stem vibreerde verbazing.
François Eugène Vidocq schudde zijn hoofd.
'Dit is mijn ambtsgewaad. Ik draag dit alleen wanneer ik in de hoedanigheid van grootmeester, grootmeester van de Broederschap van het Kruis, optreed.'
De Cock plukte aan het puntje van zijn neus.
'En dat doe u nu?'
'Inderdaad.'
De Cock keek hem schuins aan.
'Hoe bent u hier binnengekomen?'
François Eugène Vidocq tastte in een zijzak van zijn gewaad en hield een sleutel omhoog.
'Geleend van broeder Theodorus Termunten, een van mijn twee nog levende tempeliers. Dit huis aan de Herengracht was tot aan de dood van broeder Gajus de Koning een dependance van onze tempel aan de Vrijheidslaan. Al mijn tempeliers hadden een sleutel van dit pand.'
Grootmeester Vidocq zweeg even. Hij strekte zijn wijsvinger naar De Cock uit.
'Hoe komt u hier binnen?'
De oude rechercheur trok zijn gezicht strak.
'Een sleutel,' antwoordde hij kalm, 'geleend van de hier in dit

pand zo gewelddadig om het leven gebrachte tempelier Antonie de Lavaterne.'
Grootmeester Vidocq glimlachte.
'Geleend,' sprak hij smalend, 'lijkt mij niet het juiste woord. Ik neem aan dat u de sleutel in de kleding van Antonie de Lavaterne hebt aangetroffen en dat u daarvan nu onbevoegd gebruikmaakt.'
De Cock negeerde het woord 'onbevoegd'. Hij wees voor zich uit.
'Als ik het goed begrijp, gelet op het fraaie gewaad dat u draagt, bent u hier nu in de hoedanigheid van grootmeester van de broederschap.'
'Dat zei ik.'
'Met welk doel?'
François Eugène Vidocq gebaarde naar de halfopen kastdeur achter zich.
'De plotselinge gewelddadige dood van twee van mijn voornaamste tempeliers heeft mij uiteraard geschokt, diep geschokt. En dat niet alleen. Mijn gedachten verdiepen zich in de oorzaken en gevolgen. Wat was het motief? Om welke reden werden zij om het leven gebracht?'
'Hebt u het antwoord?'
Grootmeester Vidocq negeerde de vraag.
'De eerste moord,' ging hij kalm verder, 'de moord op mijn tempelier Antonie de Lavaterne, vond in dit pand plaats. Voor dat u beiden mij met uw komst, ik mag wel zeggen, ergerlijk stoorden, was ik bezig te controleren of er mogelijk uit de annalen van onze broederschap belangrijke stukken waren verdwenen.'
'Waardevol?'
Grootmeester Vidocq knikte nadrukkelijk.
'Voor ons, absoluut. De Broederschap van het Kruis kent een rijke geschiedenis. Al eeuwen beijveren wij ons om de grote betekenis van het kruis van Christus uit te dragen. Wij menen dat de kerken te weinig nadruk leggen op het kruis als symbool van de verlossing, het kruis als symbool van een leven na de dood. Als Onze-Lieve-Heer een andere dood dan de kruisdood was gestorven, had het christendom nooit zo'n grote vlucht genomen. Het was juist het kruis dat de mensen imponeerde.'

De Cock liet de lofzang op het kruis gelaten over zich heen gaan. 'Kan men delen van die annalen te gelde maken,' vroeg hij voorzichtig. 'Zijn ze verhandelbaar?'
Grootmeester Vidocq tuitte zijn lippen.
'Niet openlijk. Men kan er niet mee naar een bank stappen of ze in een veiling aanbieden. Maar ze bevatten geheimen, vertrouwelijkheden die, wanneer ze openbaar worden gemaakt, voor bepaalde nog levende leden van onze samenleving uiterst pijnlijk zouden zijn.'
'Een middel tot chantage?'
Grootmeester Vidocq knikte.
'In verkeerde handen, zeker.'
'Wie kent de inhoud van de annalen?'
'Ik.'
'Niemand anders?'
'Officieel niet.'
'Hoe moet ik dat opvatten?'
Grootmeester Vidocq antwoordde niet direct.
'De Orde van de Tempelieren beschikte in het verleden over een uitgebreid spionagenet. Toen de Broederschap van het Kruis werd gesticht, is besloten om die traditie voort te zetten. Elke tempelier heeft zijn eigen informanten en kent dat deel van de geheimen die hij aan mij heeft geopenbaard en die ik in de annalen heb verwerkt.'
'Waarom spionage?'
'Het is altijd goed wanneer men de gedachtewereld van zijn vijanden kent.'
'Heeft de Broederschap van het Kruis vijanden?'
Grootmeester Vidocq knikte.
'Absoluut. Elke gemeenschap kent groeperingen die elkaar vijandig zijn gezind. Vooral wanneer ze hetzelfde doel nastreven. Denkt u maar eens aan de vele godsdienstige richtingen in ons land.'
De Cock liet het onderwerp rusten. Hij wees langs de grootmeester heen naar de kast.
'Daarin worden de annalen bewaard?'
François Eugène Vidocq knikte.

'Ik ben de enige die een sleutel heeft. De kast heeft een geheim sluitingsmechanisme. Ik ben ook de enige die de werking van dat mechanisme kent. Alleen aan mijn toekomstige opvolger zal ik dat geheim prijsgeven.'
De Cock knikte begrijpend.
'Hoe was de verstandhouding tussen de tempeliers onderling?'
'Broederlijk.'
De Cock glimlachte.
'Dat mag men in een broederschap verwachten. Ik bedoel: wisselden zij ook onderling geheimen uit?'
Grootmeester Vidocq schudde zijn hoofd.
'Dat is streng verboden.'
'Ik heb begrepen dat de verhouding tussen Antonie de Lavaterne en Henry Cooperbrander nogal gespannen was. Volgens de vrouw van Antonie de Lavaterne werd haar man door Henry Cooperbrander gehaat. Als oorzaak van de tweedracht gold een oude geldaffaire.'
Grootmeester Vidocq maakte een afwerend gebaar.
'Mij niets van bekend.'
De Cock veranderde van onderwerp.
'Wanneer u nu of later ontdekt dat er na de moord op uw beide tempeliers bescheiden of annalen zijn verdwenen die mogelijk voor sommige lieden een belastende inhoud hebben, bent u bereid dat aan mij te melden?'
Grootmeester Vidocq keek hem strak aan.
'Wanneer ik van u de toezegging krijg dat u die stukken vertrouwelijk zult behandelen.'
De Cock knikte.
'Binnen mijn ambtelijk vermogen.'
Grootmeester Vidocq boog in zijn richting.
'Ik laat het u weten.'
De Cock knikte dankbaar.
'Waarom,' vroeg hij, 'hadden juist de tempeliers een sleutel van dit pand?'
Grootmeester Vidocq zwaaide met zijn wijde mouwen.
'De tempeliers,' sprak hij gedragen, 'zijn de schatbewaarders van onze broederschap. Zij zorgen voor de aanwas en het be-

heer van ons vermogen. Wij hebben hen de titel van tempelier gegeven als een hommage aan de oude Orde der Tempeliers, die tijdens de vele kruistochten naar het Heilige Land zulk een zegenrijk werk hebben verricht.'
'Daar wordt door geschiedkundigen wel anders over gedacht.'
Op het gezicht van grootmeester Vidocq kwam een verbeten trek. Hij sloeg met zijn vuist op zijn borst.
'Laster,' riep hij luid, 'achterklap, geschiedvervalsing. Belust op de bezittingen die zij in de loop van eeuwen hadden vergaard, is op een laaghartige en bloedige wijze een einde aan de Orde gemaakt. Vele tempeliers hebben, valselijk van ontucht en ketterij beticht, na jaren van helse folteringen op de brandstapel het leven gelaten. Hen is groot onrecht aangedaan.'
Het gezwollen taalgebruik van grootmeester Vidocq amuseerde De Cock.
'Hebt u persoonlijk een verklaring voor die gewelddadige dood van twee van uw tempeliers?'
Grootmeester Vidocq vouwde zijn handen.
'Onze nog levende tempeliers Theodorus Termunten en Andreas van Aerdenburg zullen een zware taak krijgen om voor de eminente De Lavaterne en Cooperbrander waardige vervangers te vinden.'
De Cock schudde zijn hoofd.
'Ik vroeg of u een verklaring hebt voor hun gewelddadige dood zo kort na elkaar.'
Grootmeester Vidocq liet zijn hoofd iets zakken.
'Ik ben bang dat de geschiedenis zich herhaalt: dat net als bij de oude Orde der Tempeliers in het verleden iemand belust is op hun bezittingen.'
'Kan dat?'
'Hoe bedoelt u?
'De bezittingen die de tempeliers vergaren, zijn toch het eigendom van de broederschap?'
Grootmeester Vidocq zuchtte diep.
'Er deden zich de laatste tijd geruchten voor, dat De Lavaterne en Cooperbrander zich ten koste van de broederschap hadden verrijkt.'

'Van wie kwamen die geruchten?'
'Een paar broeders die mij zeer na staan, zijn bezig dat te onderzoeken.'
De Cock trok een denkrimpel in zijn voorhoofd.
'Is er dan geen toezicht op het gedrag van de tempeliers, op de bezittingen die zij verwierven en beheerden?'
Grootmeester Vidocq knikte.
'Dat toezicht ligt bij de bloedraad. Onze interne justitie. Zij kunnen van de tempeliers eisen dat zij opening van zaken geven.'
'Is dat gebeurd?'
Grootmeester Vidocq schudde zijn hoofd.
'Ik heb daar geen melding van gekregen. Ik weet ook niet of de geruchten van fraude en malversaties tot de leden van de bloedraad zijn doorgedrongen.'
De Cock keek hem verward aan.
'Is het dan niet uw taak als grootmeester van de broederschap om de bloedraad over mogelijk afwijkend gedrag van de tempeliers in te lichten?'
Grootmeester Vidocq maakte een hulpeloos gebaar.
'Ik beschik nog niet over voldoende aanwijzingen,' sprak hij zorgelijk. 'Daar wacht ik op. Het ligt niet in mijn aard om loze kreten te slaken. Dat brengt alleen maar onrust. Maar ik vind het wel opmerkelijk dat een van de leden van de bloedraad zich al bij mij voor een opengevallen plek als tempelier heeft gemeld.'
'Welk lid was dat?'
'Frederik Finken.'

Toen de rechercheurs laat in de avond afscheid van grootmeester Vidocq hadden genomen en van de Herengracht wegreden, regende het stormachtig. Gepaard met felle windstoten kletterden vette regendruppels tegen de voorruit en op het dak van de Golf. Om het zicht op de zwiepende ruitenwissers te ontwijken schoof De Cock de klep van zijn oude hoedje tot op de rug van zijn neus en liet zich onderuitzakken.
Vledder, weer aan het stuur van de Golf, gebaarde heftig. Zijn gezicht zag rood.

’Weer die Frederik Finken,’ riep hij verbolgen. ’Die vent zit achter die moorden op de tempeliers. Geloof me, als hij die moorden niet zelf heeft gepleegd, dan heeft hij het zijn zoon laten doen.’
De Cock schoof zijn hoedje iets terug en keek hem van terzijde aan.
’Motief?’
Vledder brieste.
’Een post als tempelier.’
De Cock reageerde verrast.
’Is dat een motief?’
Vledder knikte nadrukkelijk.
’Het is duidelijk,’ sprak hij met stemverheffing, ’dat zo’n vrije post van tempelier van de Broederschap van het Kruis tal van mogelijkheden biedt.’
’Tot?’
Vledder snoof.
’Het begaan van fraude, tot het verduisteren van aan hen toevertrouwde gelden. Bovendien ligt voor zo’n man tevens de weg wijd open voor het plegen van chantage.’
De jonge rechercheur nam een kleine adempauze.
’Wie controleert zo’n tempelier?’ ging hij geëmotioneerd verder. ’Wie houdt de bedragen bij van gedane giften en de opbrengsten via sponsors?’
De Cock glimlachte.
’Je hebt gehoord wat grootmeester Vidocq zei: de controle ligt bij de bloedraad.’
Vledder grinnikte vreugdeloos.
’Frederik Finken is lid van die bloedraad. Hij zal uit eigen ervaring weten hoe gebrekkig die controle is. Het zou mij niets verbazen als hij al geruime tijd op de hoogte is van malversaties door tempeliers gepleegd.’
De Cock trok zijn schouders op.
’Waarom heeft hij hen dan niet aangeklaagd? Dat is toch zijn taak als lid van de bloedraad?’
Vledder wond zich op.
’Finken wil geen einde aan de malversaties. Dat is niet zijn

doel. Hij wil als tempelier ook zelf profiteren van de mogelijkheden die dat ambt biedt.'
De Cock knikte berustend.
'Vandaar zijn verzoek aan grootmeester Vidocq om tempelier van de broederschap te worden.'
'Precies.'
'Er moest wel eerst een plaatsje vrijkomen.'
'Precies.'
'Vandaar dat er eerst een paar tempeliers moesten sneuvelen.'
Vledder keek hem van terzijde glunderend aan.
'Je begint er eindelijk iets van te snappen.'
De Cock schoof lachend de rand van zijn hoedje weer tot op de rug van zijn neus. Hij onthield zich van commentaar. Verder zwijgend reden ze terug naar de kit.

Toen ze de hal van het politiebureau binnenstapten, wenkte Jan Kusters hen vanachter de balie.
De Cock liep op hem toe.
'Toch geen narigheid, hoop ik?'
De wachtcommandant schudde zijn hoofd.
'Er waren vanavond hier een paar collega's uit de regio Gooi- en Vechtstreek.'
'Wat kwamen die doen?'
'Ze vroegen naar jou.'
De Cock veinsde verbazing.
'Ze hadden me toch kunnen bellen?'
Jan Kusters maakte een hulpeloos gebaar.
'Ze wilden jouw hulp bij de arrestatie van die bekende wielrenner, Robert Finken.'
De mond van De Cock viel half open.
'Arrestatie van Robert Finken?' herhaalde hij vragend.
De wachtcommandant knikte.
'Onze collega's uit de regio hadden in een villa in Naarden zijn vingerafdrukken gevonden en zochten hem nu wegens moord op ene heer Cooperbrander.'
De Cock kneep zijn ogen even dicht.
'Een dode tempelier.'

10

De Cock keek zijn jonge collega onderzoekend aan.
'Heb je al geïnformeerd?'
Vledder knikte traag.
'De rechercheur die ik van de regio Gooi- en Vechtstreek aan de lijn kreeg, bevestigde dat collega's van hem naar Amsterdam waren getogen.'
'Om Robert Finken te arresteren als verdacht van moord op Henry Cooperbrander.'
'Ja.'
'Hadden ze ook een bevel tot huiszoeking?'
Vledder trok zijn schouders op.
'Dat heb ik niet gevraagd.'
De jonge rechercheur gniffelde.
'Ik krijg gelijk,' vervolgde hij hoogmoedig. 'Terecht. Het zat er dik in. Vader en zoon Finken zijn bij de moorden op de tempeliers betrokken.'
De Cock reageerde niet.
'Beschikte de regio Gooi- en Vechtstreek over de vingerafdrukken van Robert Finken?' vroeg hij ontwijkend.
Vledder knikte.
'Robert Finken is een paar maanden geleden betrokken geweest bij een vechtpartij in een café in Breukelen. Er werd aangifte tegen hem gedaan terzake mishandeling.'
De Cock glimlachte.
'Toen heeft men een slip* van hem gemaakt.'
'Precies.'
De Cock wreef nadenkend over zijn kin.
'Waar heeft men in Naarden de vingerafdrukken van Robert Finken gevonden?' vroeg hij kalm.
'Op het heft van de ponjaard.'

* *dactyloscopisch signalement*

De oude rechercheur trok een vies gezicht.
'Op het heft... het heft van de ponjaard die in de rug van Cooperbrander stak?'
In zijn stem trilde ongeloof.
Vledder knikte nadrukkelijk.
'Duidelijker kan niet. Ik bedoel: een prachtig bewijs van schuld. We hebben het er al eens over gehad: als Robert Finken de ponjaard uit Amsterdam heeft meegenomen om Cooperbrander in Naarden om te brengen, dan is er sprake van voorbedachten rade.'
De jonge rechercheur zweeg even.
'Ons onderzoek inzake de dode tempeliers,' ging hij na een poosje verder, 'is hiermee definitief beëindigd. Als Robert Finken Henry Cooperbrander heeft vermoord, dan is hij ook verantwoordelijk voor de dood van Antonie de Lavaterne. De beide moorden zijn volkomen identiek.'
De Cock boog zich iets naar voren.
'Motief?'
Vledder keek hem niet-begrijpend aan.
'Daar hebben we toch al uitgebreid over gesproken?'
De Cock schudde zijn hoofd.
'Jij verdedigde een motief voor Frederik Finken als lid van de bloedraad van de broederschap, een man die graag tempelier wilde worden omdat het ambt tal van mogelijkheden tot malversaties bood.'
'En?'
'Geldt dat ook voor Robert Finken? Hij is geen lid van de broederschap.'
Het gezicht van Vledder betrok.
'Misschien,' sprak hij onzeker, 'pleegde Robert Finken de beide moorden wel in opdracht van zijn vader.'
De Cock trok een bedenkelijk gezicht.
'Ik ben dat in mijn lange praktijk als rechercheur nog nooit tegengekomen, een zoon die moorden pleegt ten behoeve van zijn vader.'
De grijze speurder kwam uit zijn stoel omhoog en slenterde naar de kapstok.

Vledder kwam hem na.
'Waar ga je heen?'
'Naar Lowietje, mijn droge keel snakt naar het fluweel van een cognackie.'

Lowietje, wegens zijn geringe borstomvang in het woelige wereldje van de penoze meest Smalle Lowietje genoemd, wreef zijn kleine handjes langs zijn morsig vest en begroette De Cock met glinsterende ogen.
'Welkom, welkom,' kirde hij uitbundig. 'Welkom in mijn nederig etablissement. Het is niet te geloven. Hoe zeggen ze dat ook weer, hoe later op de avond, hoe schoner volk. Ik had je op dit uur niet meer verwacht.' Hij hield zijn sproetig muizensmoeltje een beetje scheef. 'Mocht je niet meer thuiskomen van je vrouw?'
De Cock lachte hartelijk.
'Ik heb nog steeds een gelukkig huwelijk, maar voor jou, Lowie, trotseer ik een echtbreuk.' Hij schuifelde naar het einde van de bar en hees zijn negentig kilo op een kruk. Het was zijn vaste stek. Hij wist hoe licht ontvlambaar de gemoederen in de buurt waren. Vanaf die plaats had hij een goed overzicht, voor alle eventualiteiten.
Vledder nam lenig naast hem plaats. De jonge rechercheur was eerst wat onwennig, maar voelde zich steeds meer thuis in het schemerige, intieme lokaaltje van Smalle Lowietje, waar meisjes van de vlakte verpozing en vergetelheid zochten achter een pittig likeurtje of een citroentje met suiker.
De tengere caféhouder keek naar de oude rechercheur op. Zijn vriendelijk smoeltje glom van genegenheid.
'Hetzelfde recept?'
De Cock antwoordde niet. Hij wist dat dit niet van hem werd verwacht. Die vraag vormde slechts een inleiding, een inleiding tot een bijna sacraal gebeuren. Vergenoegd keek hij toe hoe Smalle Lowietje aalglad onder de tapkast dook en te voorschijn kwam met een fles pure cognac Napoleon, die de caféhouder speciaal voor hem gereserveerd hield. Hij zette diepbolle glazen op de bar en schonk behoedzaam in.
De Cock genoot van de koesterende toewijding waarmee de

caféhouder hem bediende. De schaarse momenten die de misdaad hem vergunde bij Smalle Lowietje door te brengen, probeerde hij in zijn herinnering vast te leggen. Hij nam het glas op, schommelde het zachtjes in zijn hand en snoof. Op zijn breed gezicht vol groeven verscheen een glans van opperste verrukking, Met getuite lippen nam hij een slok en liet het vocht genietend door zijn dorstige keel glijden. Even sloot hij zijn beide ogen, toen zette hij het glas omzichtig op de bar terug.

'Lowie,' sprak hij zalvend, 'er zijn van die momenten in mijn recherchebestaan, dat ik ondanks alles van het leven houd, dit is zo'n moment.'

De caféhouder straalde.

'Jij zegt altijd van die mooie dingen,' sprak hij bewonderend. Hij pakte zijn glas op en nam een slok. Met een glans van verrukking op zijn gezicht zette hij het glas terug op de bar. 'Dit,' sprak hij met overtuiging, 'is toch de beste cognac die ik je kan schenken.'

'Absoluut.'

'Hoe is de stand van de misdaad?'

De Cock grijnsde.

'Zeer lonend, wijdverbreid en hoog genoteerd.'

Lowie lachte.

'Bijzondere gevallen?'

De Cock keek hem een paar seconden nadenkend aan. Daarna wreef hij zich achter in zijn nek. 'Lowie,' sprak hij traag, bedachtzaam. 'ik ben met een vreemde zaak bezig.'

'Moord?'

De grijze speurder knikte.

'Twee moorden met een ponjaard.'

'Een wat?'

'Een ponjaard, een soort dolk. Met de koperen scheiding tussen greep en kling lijkt zo'n ponjaard op het kruis van Christus.'

'En daar zijn twee moorden mee gepleegd.'

De Cock knikte.

'We zijn erachter gekomen dat de leden van een bepaalde broederschap zo'n ponjaard als symbool van hun lidmaatschap bezitten.'

Smalle Lowietje keek hem verwonderd aan.

'Bestaan er nog broederschappen? Ik bedoel echte? Bij ons zeggen ze: *hij is ook van de broederschap*, maar dat betekent dat hij graag een borrel lust.'
De Cock lachte.
'Er bestaan nog wel degelijk broederschappen. Denk maar aan de broederschap der notarissen, aan de broederschap der ontvangers en aan broederschappen met een godvruchtig doel. De broederschap die zo'n ponjaard draagt, is de Broederschap van het Kruis. Zij willen dat juist het kruis van Christus als symbool van verlossing, als symbool van een leven na de dood, een grotere gevoelswaarde krijgt.'
Smalle Lowietje spreidde zijn armen.
'Die gevoelswaarde is er toch al? Wanneer iemand rooms was, dan zeiden wij bij ons thuis: *die is van het houtje*. En daar bedoelden wij het ruwhouten kruis van Christus mee.'
De Cock knikte.
'Ik ken die uitdrukking.'
De caféhouder leunde voorover op de bar.
'Er komt hier elke woensdagmiddag een vent, een rijke vent in gezelschap van een niese uit de buurt. Voor hij een bestelling doet steekt hij zijn wijsvingers omhoog en schuift die over elkaar in de vorm van een kruis.'
Lowietje grinnikte.
'Een rare vent. Exact om half zes zoent hij tot afscheid dat niese en stapt in een taxi, die prompt om die tijd voor de deur van mijn etablissement staat. Die brengt hem thuis. Ik heb eens geprobeerd om hem hier een minuutje langer te houden.'
'Dat lukte niet?'
Smalle Lowietje schudde zijn hoofd.
'Hij zei dat zijn vrouw hem elke dag exact om zes uur thuis verwachtte. Als hij een minuutje later thuiskomt, krijgt ze onmiddellijk argwaan.'
'Zo houdt hij zijn wekelijks slippertje geheim.'
'Precies.'
De Cock nam de laatste slok van zijn cognac.
'Wie is dat niese?'
Smalle Lowietje gebaarde voor zich uit

'Blonde Sientje uit de Sint-Annendwarsstraat. Die vent is al jaren een vaste klant van haar.'
De oude rechercheur kneep een denkrimpel in zijn voorhoofd. In de duistere spelonken van zijn denken flitste plotseling een fel licht. Hij tastte wat nerveus in de binnenzak van zijn colbert naar de foto van Antonie de Lavaterne en legde die voor Lowietje op de bar.
'Is dat hem?'
De tengere caféhouder pakte de foto op en hield hem voor zich.
'Dat... eh, dat is hem,' stotterde hij. 'Dat is hem. Verrek. Heb je wat tegen hem?'
De Cock schudde zijn hoofd en wees naar zijn leeg cognacglas.
'Schenk nog eens in,' gebood hij vriendelijk. Hij nam de foto weer van de caféhouder over en tikte met zijn wijsvinger op het bolronde gezicht. 'Hij zal zijn wijsvingers niet meer voor je kruisen,' sprak hij somber. 'En op zijn klandizie behoef je niet meer te rekenen. Deze man is dood.'
'Vermoord?'
De Cock knikte.
'Met een ponjaard.'

Met de warme gloed van de cognac in hun aderen verlieten de beide rechercheurs het schemerig intieme lokaaltje van Smalle Lowietje. Over de Achterburgwal slenterden ze in de richting van de Oudekennissteeg.
Ondanks het bar slechte weer was het druk op de Wallen. Bij de meeste etalages waren de gordijnen gesloten. Voor de deur van een nieuw jong hoertje uit een ver en exotisch land wachtte een stoet mannen in de stromende regen geduldig tot ze aan de beurt waren.
De Cock trok de kraag van zijn regenjas omhoog en schoof zijn oude hoedje naar voren. Met de rug van zijn linkerhand wreef hij het water uit zijn gezicht. Nieuwsgierig gleed zijn scherpe blik langs de hunkerende mannen in de rij. Ze waren er in alle variëteiten: jong en oud, dik en mager, goed en slecht

gekleed. Er viel geen lijn in te ontdekken. Hij trok gelaten zijn schouders op. Hoewel hij al vele jaren als rechercheur op en om de Wallen opereerde, bleef dit fenomeen van de prostitutie hem verbazen.
Vledder keek hem van terzijde aan.
'Die Antonie de Lavaterne was toch niet zo braaf als zijn vrouw ons wilde doen geloven.'
De Cock schudde zijn hoofd.
'Ik heb nooit in die absolute braafheid geloofd. Het is onrealistisch. Mannen zijn in de regel niet alleen maar braaf.'
De oude rechercheur grinnikte.
'En dat geldt niet alleen voor mannen.'
Vledder maakte een grimas.
'Ik kan mij de wekelijkse slippertjes van Antonie de Lavaterne wel voorstellen. Zijn vrouw was niet zo appetijtelijk.'
De Cock maakte een hoofdbeweging.
'Dat zal ze in haar jonge jaren vermoedelijk wel zijn geweest, mooi en aantrekkelijk. Maar *wie een wijf trouwt om het mooi lijf, verliest het lijf maar houdt het wijf.*'
Vledder lachte.
'Een kreet van je oude moeder?'
De Cock schudde zijn hoofd.
'Vader Cats.'
Vledder staarde nadenkend voor zich uit.
'Heb je enig idee wat Antonie de Lavaterne met die gekruiste wijsvingers bedoelde?'
De Cock schudde zijn hoofd.
'Ik wil toch nog een keer naar hun tempel in de Vrijheidslaan. Dan kunnen we gelijk aan grootmeester Vidocq vragen of ook andere leden van de Broederschap van het Kruis zich van een dergelijk manuaal bedienen.'
Vledder knikte.
'Het zou kunnen,' beaamde hij. 'Hoewel, de leden van de broederschap die wij tot nu hebben ontmoet, heb ik zo'n teken nooit zien maken.'
'Je bedoelt: niet in ons bijzijn.'
'Precies.'

Een tijdje liepen ze zwijgend verder. Het weer werd slechter. De regen nam toe en de wind wakkerde aan. Een dode tak plofte van een boom in het water van de gracht.
De Cock dacht aan de hunkerende mannen in de rij en huiverde. Aan het einde van de Oudekennissteeg slofte hij over de brug rechtuit naar het Oudekerksplein. Vledder bleef verbaasd staan.
'Waar ga je heen?'
De oude rechercheur draaide zich half om.
'Naar de Sint-Annendwarsstraat.'
Vledder trok in een sprintje bij.
'Blonde Sientje,' hijgde hij.

Ze keek verbaasd naar de beide mannen voor haar op de stoep. Toen ze de oude speurder herkende, lachte ze breed.
'Kom je voor jezelf of voor de dienst?'
De vraag verraste De Cock volkomen.
'Ben ik... ben ik,' stotterde hij, 'wel eens voor mijzelf bij je geweest?'
Blonde Sientje schudde nog steeds lachend haar hoofd.
'Ik kan het mij niet herinneren. Maar aan politieklanten verleen ik extra service.'
De Cock negeerde haar opmerking. Hij trok zijn gezicht in een ernstige plooi.
'Mogen we even met je praten?'
Blonde Sientje deed een stap opzij en liet de rechercheurs binnen. Via een kleine hal leidde ze hen naar een gezellig ingerichte kamer. Het was er behaaglijk warm. Een viertal schemerlampjes hulde het vertrek in een zachtrosse gloed. Er lag een wit hoogpolig tapijt, er waren twee geriefelijke fauteuils en een bed, afgedekt met een kleurrijk sprei.
Blonde Sientje, gekleed in een zwartglanzende kimono, ging op het bed zitten. Ze gebaarde naar de twee fauteuils.
'Neem plaats. Ik gebruik mijn werkbank wel.'
In haar stem vibreerde een lichte spot.
De Cock legde zijn hoedje naast zich op het hoogpolig tapijt.
Uit de binnenzak van zijn colbert nam hij de foto van Antonie

de Lavaterne en reikte die Blonde Sientje aan.
'Ken jij die man?'
Ze bekeek de foto en knikte.
'Mijn Antonie.'
'*Jouw* Antonie?'
Blonde Sientje knikte.
'Mag ik zeggen. Hij komt al bijna vijf jaar bij mij over de vloer.'
'Op woensdag.'
Blonde Sientje keek verrast naar hem op.
'Je bent goed geïnformeerd.'
De Cock glimlachte.
'Meestal.'
Blonde Sientje gaf de foto terug.
'Het is een nette vent. Geen klant voor jou. Wat moet je van hem?'
De Cock schudde zijn hoofd.
'Niets. Wij hebben hem gevonden met een ponjaard in zijn rug, een soort dolk in de vorm van een kruis. De steek was fataal.'
Blonde Sientje keek hem geschrokken aan.
'Hij is dood?'
'Ja.'
Over de wang van Blonde Sientje gleed een zenuwtrek.
'Scheelt mij vijf meier* in de week.'
De Cock boog zich iets naar haar toe. Om zijn mond lag een verbeten trek.
'Is dat de enige gedachte die bij je opkomt?'
Blonde Sientje sloeg haar handen voor haar gezicht.
Ineens was haar pose weg. Haar lichaam schokte. Ze nam haar handen van haar gezicht weg. Tranen gleden over haar wangen, drupten op haar kimono.
'Ik... ik,' snikte ze. 'Ik hield van die vent. Echt, ik hield van die vent. Hij was de eerste man die mij met respect behandelde. Hij heeft mij een huwelijksaanzoek gedaan, vorige week. Hij zou met mij trouwen, zo gauw hij van dat wijf af was.'

* *Bargoens voor een bankbiljet van honderd gulden*

11

De Cock wachtte geduldig tot haar lichaam niet meer schokte en ze met een minuscuul zakdoekje haar tranen had gedroogd.
'Hoe oud ben je, Sien?' begon hij rustig.
'Achtendertig.'
'Antonie de Lavaterne was achtenveertig.'
Er keerde weer iets van haar strijdlust terug.
'Mag dat niet?'
De Cock glimlachte.
'Jij nam zijn huwelijksaanzoek serieus?'
Blonde Sientje knikte heftig.
'Antonie had een bar slecht huwelijk.' Ze zweeg even en trok wrevelig haar schouders op. 'Ik weet wel dat alle hoerenkerels zeggen dat ze bij hun eigen vrouw niet terecht kunnen, maar bij Antonie was dat waar. Ze hadden al jaren geen gemeenschap meer. Bovendien controleerde ze zijn hele gedrag. Ze volgde elke stap die hij deed.'
'Behalve op woensdag.'
Er gleed een glimlach om haar mond.
'"Binnenkort," zei Antonie laatst, "is elke dag voor ons een woensdag."'
De Cock keek haar schattend aan.
'Sinds wanneer heeft Antonie de Lavaterne gesuggereerd dat hij met jou in het huwelijk zou treden?'
De ogen van Blonde Sientje flikkerde.
'Het was geen suggestie,' reageerde ze fel. 'Antonie meende wat hij zei.'
De Cock maakte een afwerend gebaar.
'Ik gebruikte een verkeerd werkwoord,' sprak hij verontschuldigend. 'Wanneer sprak hij voor het eerst over zijn plannen met jou?'
'Ongeveer een jaar geleden.'
De Cock veinsde onbegrip.

'Wat hinderde hem om zijn plannen uit te voeren?'
Blonde Sientje kneep haar lippen samen.
'Zij,' riep ze bits.
'Zijn vrouw?'
Blonde Sientje knikte.
'Toen hij 's morgens tijdens het ontbijt eens voorzichtig informeerde hoe zij over een eventuele echtscheiding dacht, werd ze woedend en smeet een mand met brood naar zijn hoofd. Ze gaf Antonie tevens te verstaan dat ze van hem een enorm bedrag aan alimentatie zou eisen.'
'En?'
Blonde Sientje liet haar hoofd iets zakken.
'Antonie wilde niet,' sprak ze weifelend, 'dat ik na ons huwelijk in de prostitutie bleef. Dat idee stond hem tegen. Hij wilde mij als een... eh, als een normale echtgenote. Wanneer hij aan de wurgende eisen van zijn vrouw tegemoet zou komen, dan kon hij mij niet het leven schenken dat hij wenste.'
De Cock maakte een hulpeloos gebaar.
'Een uitzichtloze situatie.'
Blonde Sientje schudde haar hoofd.
'Antonie had, zo zei hij, een project in voorbereiding dat hem zoveel geld zou opleveren, dat hij zijn plannen met mij volledig kon uitvoeren, ondanks de vreemde grillen van zijn vrouw.'
'Wat voor een project?'
Blonde Sientje maakt een hulpeloos gebaar.
'Een kostbaar pand dat hem was toegezegd, waarvoor hij alleen nog maar een koper moest vinden.'
'Waar stond dat pand?'
Blonde Sientje schudde haar hoofd.
'Weet ik niet.'
'In Amsterdam?
Blonde Sientje toonde een lichte ergernis.
'Dat weet ik niet,' herhaalde ze kribbig. 'Ik heb nooit naar bijzonderheden gevraagd. Waarom zou ik? Ik begrijp toch niets van bankzaken.'
'Heeft hij namen genoemd van mensen die bij dat project van hem betrokken waren?'

'Niet dat ik mij kan herinneren.'
De Cock boog zich vertrouwelijk naar haar toe. Hij tikte met de toppen van zijn vingers tegen zijn voorhoofd.
'Denk nog eens goed na, Sien,' sprak hij indringend. 'Ik ben op zoek naar de moordenaar van Antonie, maar ik heb nog steeds geen idee in welke richting ik die moet zoeken. Heeft Antonie mogelijk in vertrouwen iets tegen jou gezegd wat mij kan helpen?'
Blonde Sientje zuchtte diep.
'Ik weet alleen dat hij bang was. Wanneer wij samen op straat liepen, dan liet hij mij voortdurend omkijken om te zien of iemand ons volgde.'
De Cock reageerde wat geprikkeld.
'Voor wie was hij bang? Voor wat?'
Blonde Sientje zuchtte opnieuw.
'Er was een man met wie hij op gespannen voet leefde. Een man die hem angst inboezemde, een man van een organisatie, van een geheim genootschap. Het leek wel een soort maffia. Zo sprak Antonie erover. Die man had hem gedreigd om wraak te zullen nemen.'
'Wraak?'
Blonde Sientje knikte.
'Antonie deed daar nogal vaag over. Hij zou bij een transactie net even sneller, even slimmer zijn geweest dan die man en dat had bij die man kwaad bloed gezet.'
De Cock knikte begrijpend.
'En die man behoorde bij een geheim genootschap, een soort maffia?'
Blonde Sientje knikte opnieuw.
'Dit teken maakte Antonie altijd als hij over dat geheim genootschap sprak.' Ze stak haar beide wijsvingers om hoog en schoof ze kruisend over elkaar. 'Het had iets te maken met een kruis.'

De Cock stapte de volgende morgen na een korte, maar verkwikkende nachtrust – dit keer slechts een klein half uurtje te laat – opgewekt de grote recherchekamer binnen. Met een zoete grijns op zijn gezicht wierp hij zijn oude hoedje succesvol

naar een haak van de kapstok en trok vals fluitend zijn regenjas uit.
Tot zijn verbazing trof hij Vledder zittend achter zijn bureau met zijn armen over elkaar.
De oude rechercheur nam tegenover hem plaats. Hij stak zijn handen omhoog en liet zijn vingers dansen.
'Niets te doen?'
Vledder schudde zijn hoofd.
'Wij zijn klaar.'
'Waarmee?'
'De zaak van de tempeliers.'
'O, daar weet ik niets van.'
Vledder knikte.
'Rechercheurs van de regio Gooi- en Vechtstreek hebben vannacht Robert Finken gearresteerd. Ze belden mij vanmorgen op. Ze wilden een proces-verbaal van bevindingen inzake de moord op Antonie de Lavaterne.'
'Waarom?'
'Ze vroegen of wij er bezwaar tegen hadden dat beide zaken werden samengevoegd. Twee identieke moorden en zij hadden de dader gearresteerd.'
De Cock maakte een grimas.
'Ze zullen hem weer los moeten laten.'
Vledder keek hem verrast aan.
'Robert Finken?'
De Cock knikte.
'Hij bekent nooit.'
'Waarom niet?'
'Omdat hij die moorden niet heeft gepleegd.'
Vledder grinnikte.
'Dat weet jij?'
Het klonk geringschattend.
De Cock keek zijn jonge collega geamuseerd aan.
'Luister,' sprak hij bedachtzaam. 'Voor de moord op Antonie de Lavaterne had hij geen motief en ik betwijfel of hem een motief voor de moord op Henry Cooperbrander kan worden aangemeten.'

Vledder reageerde emotioneel.
'Zijn vingerafdrukken staan op het lemmet van de ponjaard in de rug van Henry Cooperbrander.'
De Cock zuchtte.
'De man of de vrouw die Antonie de Lavaterne vermoordde, had zijn of haar vingerafdrukken zorgvuldig van de ponjaard verwijderd. Er was niets meer van terug te vinden. Jij hebt zelf in de keuken van de villa in Naarden twee omgespoelde en schoongemaakte glazen gevonden. Je kunt voor de zekerheid informeren, maar ik verzeker je dat ook daarop geen vingerafdrukken zijn achtergelaten, zelfs geen materiaal voor een forensisch DNA-onderzoek.'*
'Conclusie?'
Vledder spreidde zijn handen.
'Robert Finken maakte een foutje. Hij vergat bij de moord op Henry Cooperbrander zijn vingerafdrukken van de ponjaard te verwijderen.'
De Cock schudde zijn hoofd.
'De man, of de vrouw, die de beide tempeliers ombracht, ging kil, koel en uiterst zorgvuldig te werk. De moorden dragen niet de signatuur van Robert Finken. Ze werden niet in een vlaag van woede en drift gepleegd.'
Vledder grinnikte.
'Hoe komen dan zijn vingerafdrukken op het lemmet van de ponjaard in de rug van Henry Cooperbrander?'
De Cock gebaarde naar de telefoon.
'Bel onze collega's van Gooi- en Vechtstreek in de loop van de dag eens op en vraag wat Robert Finken tijdens zijn verhoor daarover heeft gezegd. Ik denk dat je dan een verklaring krijgt die past bij zijn emotioneel gedrag.'
Vledder bromde.
'Ik hoop dat Robert Finken bekent dat hij de moorden heeft gepleegd.'
'Waarom?'

* *biologische sporen, bloed, speeksel, voor het maken van een DNA-profiel, een soort genetische vingerafdruk*

'Zijn wij van deze zaak verlost.'
De Cock keek hem schuins aan.
'En dat bevredigt jou?'
Vledder antwoordde niet direct. De jonge rechercheur worstelde met zijn gevoelens. Eerst na enige tijd schudde hij langzaam zijn hoofd.
'Nee,' sprak hij zacht. 'Nee, feitelijk niet. Ik hecht waarde aan jouw oordeel, aan jouw inzichten. Als jij meent dat Robert Finken niet de juiste verdachte is, dan moet er wel een andere dader zijn.'
De jonge rechercheur zuchtte diep.
'Waarom heb ik het nooit eens bij het rechte eind, waarom lopen wij altijd tegen zulke dwaze zaken op als dit geval met die dode tempeliers?'
De Cock kwam lachend uit zijn stoel omhoog.
'Kom,' riep hij vrolijk, vriendelijk. 'We gaan samen op pad. We hebben op de IJsselsteinse Bank nog steeds de secretaresse van Antonie de Lavaterne niet verhoord.'
Er werd op de deur van de grote recherchekamer geklopt en Vledder riep: 'Binnen.'
De Cock ging weer zitten.
De deur gleed open en in de deuropening verscheen een lange magere man. De Cock schatte hem voor in de vijftig. Hij droeg een lichtgrijs kostuum, waarover een doorschijnende plastic cape met capuchon. De man liet de cape van zijn schouders glijden. Regendruppels kletterden op het balatum.
In slome tred slofte de man naderbij. Bij het bureau van de grijze speurder bleef hij staan.
'U bent rechercheur De Cock?'
De oude rechercheur knikte.
'De Cock met... eh, met ceeooceekaa,' reageerde hij gewoontegetrouw. Hij gebaarde hoffelijk naar de stoel naast zijn bureau. 'Neemt u plaats. Waarmee zou ik u van dienst kunnen zijn?'
De man frommelde zijn plastic cape tot een prop en ging zitten.
'Mijn naam is Andreas van Aerdenburg,' sprak hij gedragen. 'Ik ben lid van de Broederschap van het Kruis.'

De Cock reageerde niet direct. Hij keek de man onderzoekend aan. Zijn scherpe blik gleed langs zijn lang smal gezicht met ingevallen wangen, langs zijn grijze haren die in pieken wanordelijk aan zijn hoofd kleefden, en bezag de tinteling in zijn fletsblauwe ogen.
'Tempelier.'
Andreas van Aerdenburg knikte.
'Al meer dan vijftien jaar. Ik was al tempelier bij de voorganger van François Eugène Vidocq.'
'De huidige grootmeester.'
'Exact. Een prima leider. Hij raadde mij aan om eens met u te praten.'
'Waarover?'
In de fletsblauwe ogen van Andreas van Aerdenburg vonkte een kwaadaardig licht.
'U kunt dat niet raden?' vroeg hij verwijtend. 'De plotselinge en gewelddadige dood van mijn broeders De Lavaterne en Cooperbrander hebben mij diep geschokt. En mij niet alleen. Er heerst in onze broederschap een algemene verslagenheid. Uiteraard heb ik mij afgevraagd wat de aanleiding zou kunnen zijn geweest. Wat bezielde de moordenaar? Was het afgunst, haat, wraak?'
'En?'
Andreas van Aerdenburg keek hem niet-begrijpend aan.
'Wat bedoelt u?'
'Tot welke conclusie bent u gekomen?'
Andreas van Aerdenburg zuchtte.
'Dat is het ellendige.' In zijn stem trilde wanhoop. 'Ik kan geen zinnig motief voor hun dood bedenken. Dat maakt mij zo angstig. Ik heb het idee dat een of andere idioot met het waandenkbeeld rondloopt dat alle tempeliers van onze broederschap moeten sterven.'
De Cock knikte begrijpend.
'U rekent zich tot een toekomstig slachtoffer?'
Andreas van Aerdenburg knikte nadrukkelijk.
'Zeker,' riep hij geëmotioneerd. 'Het verwarrende is, dat ik niet weet van welke kant het gevaar komt. Ik betrap mij erop dat ik

sinds de dood van De Lavaterne en Cooperbrander alle leden van onze broederschap met wantrouwen bezie.'
'U ziet in elk van hen een moordenaar?'
Andreas van Aerdenburg knikte heftig.
'Het is een ondraaglijke situatie. Op deze wijze kunnen we naar mijn mening niet verdergaan. Onze grootmeester is het volkomen met mij eens. Alle bijeenkomsten van de Broederschap van het Kruis zijn door hem voor onbepaalde tijd afgelast. Ik heb persoonlijk de suggestie gedaan om alle leden van onze broederschap hun ponjaard te laten inleveren. Maar dat ging grootmeester Vidocq te ver.'
'Waarom?'
Andreas van Aerdenburg gebaarde weids.
'Het zou volgens hem het wantrouwen jegens elkaar alleen maar vergroten.'
De Cock knikte begrijpend.
'U bent ervan overtuigd dat de moordenaar in de gelederen van de broederschap moet worden gevonden?'
'Absoluut.'
De Cock zweeg even voor het effect.
'Rechercheurs van de politieregio Gooi- en Vechtstreek,' sprak hij strak, 'hebben vannacht als verdacht van de beide moorden een man gearresteerd.'
Andreas van Aerdenburg keek hem verrast aan.
'Op basis waarvan?'
'Hun onderzoek.'
Andreas van Aerdenburg kneep zijn ogen half dicht.
'Heeft die man iets met onze Broederschap van het Kruis te maken?' vroeg hij scherp.
De Cock gebaarde achteloos.
'Zijdelings.'
'Hoe bedoelt u dat?'
'Hij is de zoon van een lid van uw bloedraad.'
'Een lid van onze bloedraad?'
'Ja.'
'Welk lid?'
De Cock weifelde even.

'Frederik Finken.'
Andreas van Aerdenburg verschoof op zijn stoel.
'Robert, hebben ze Robert gearresteerd?'
Zijn stem beefde van ongeloof.
'Inderdaad.'
Het gezicht van Andreas van Aerdenburg versomberde.
'Een misgreep,' sprak hij hoofdschuddend, 'een pure misgreep. Robert is een sportman, een groot wielrenner, een excellent schaatser. Misschien dat hij wat eerder in het startschot valt dan een ander, dat hij er niet voor terugdeinst om tijdens een eindsprint een mededinger een zwieper te geven, maar moord...'
De tempelier maakte zijn zin niet af.
'Ik ken hem al vanaf zijn kinderjaren. Er kleven echt wel een paar ondeugden aan die jongen, aan wie niet? Maar tot een moord acht ik hem niet in staat.'
De Cock keek in de richting van Vledder. Hij verwachtte van de jonge rechercheur enig commentaar op de woorden van de tempelier. Vledder boog zijn hoofd en zweeg.
De Cock leunde in zijn stoel achterover.
'Weet u iets van een vete tussen de tempeliers De Lavaterne en Cooperbrander?' veranderde hij van onderwerp.
Andreas van Aerdenburg keek hem verbaasd aan.
'Een vete?'
De Cock knikte.
'Ontstaan na een verschil van mening over een transactie uit het verleden.'
Andreas van Aerdenburg trok zijn schouders op.
'Elke tempelier streeft ernaar om de beste te zijn, de machtigste connecties te bezitten, het meeste geld voor de broederschap te bemachtigen.'
'En daarbij worden onoorbare middelen niet geschuwd.'
Andreas van Aerdenburg reageerde fel.
'Is dat een vraag of een aantijging?'
De Cock glimlachte fijntjes.
'Beschouw het als een vraag.'
Andreas van Aerdenburg ademde diep.

'Een ieder kent de grenzen van zijn eigen geweten.'
'Kent u de gewetensgrenzen van Antonie de Lavaterne en Henry Cooperbrander?'
Andreas van Aerdenburg antwoordde niet direct.
'Ik... eh,' sprak hij weifelend, 'ik heb altijd het gevoel gehad dat Henry Cooperbrander meer ethiek in zijn functie weefde dan Antonie de Lavaterne.'

12

Vledder lachte vrolijk.
'Ik heb altijd al het gevoel gehad,' imiteerde hij de stem van Andreas van Aerdenburg, 'dat Henry Cooperbrander meer ethiek in zijn functie weefde dan Antonie de Lavaterne.'
De Cock gniffelde.
'Dat is een galante manier om duidelijk te maken dat men iemand minder vertrouwt.'
Vledder knikte.
'Die Andreas van Aerdenburg lijkt mij een intelligente, sluwe man. Iemand op wie je weinig vat krijgt.'
De Cock trok een bedenkelijk gezicht.
'Ik vind het vreemd dat hij niets wist van een vete tussen Henry Cooperbrander en Antonie de Lavaterne. Zoiets lekt na enige tijd toch uit?'
Vledder knikte.
'Dat blijft niet verborgen,' stemde hij in. 'Wat mij overigens opvalt, hoe meer wij van die Antonie de Lavaterne te weten komen, des te meer wijkt hij af van het beeld dat zijn vrouw van hem schetste. Ik vraag mij af of Gabriëlle de Lavaterne tijdens hun huwelijk haar echtgenoot werkelijk zo slecht heeft doorgrond.'
De Cock glimlachte.
'Ik leid,' reageerde hij spottend, 'al een lang en gelukkig huwelijk, toch ontdek ik bij mijn vrouw steeds opnieuw dingen die mij hogelijk verbazen.'
Hij veranderde van toon.
'In ieder geval,' ging hij ernstig verder, 'heeft Gabriëlle ons niets verteld van de plannen die haar man had om haar te verlaten. Zij zei dat ze zich niet kon voorstellen dat haar introverte man een nacht met een andere vrouw zou doorbrengen. Daarvoor was hij te netjes.'
De oude rechercheur gniffelde.

'Het waren inderdaad geen nachten, maar woensdagmiddagen.'
Vledder boog zich iets naar voren.
'Begrijp jij dat Andreas van Aerdenburg echt bang is om te worden vermoord?'
De Cock knikte nadrukkelijk.
'De moordenaar heeft het duidelijk op de tempeliers van de broederschap gemunt. Ik kan mij voorstellen dat ook Theodorus Termunten zich na de moorden op zijn collega's niet prettig voelt.'
'Kunnen we hen beschermen?'
De Cock trok zijn schouders op.
'Hoe?' vroeg hij gemelijk. 'We kunnen hen moeilijk dag en nacht door een diender laten bewaken. Ik heb Andreas van Aerdenburg op het hart gedrukt om voorzichtig te zijn met afspraken. Veel meer kan ik niet doen.'
De oude rechercheur zweeg even.
'Ik sluit zelfs de mogelijkheid niet uit dat de moordenaar een tempelier is.'
Vledder keek hem verwonderd aan.
'Een tempelier van de Broederschap van het Kruis?'
'Ja.'
'Dat betekent in dit geval óf Andreas van Aerdenburg óf Theodorus Termunten.'
De Cock knikte.
'Ongetwijfeld heeft er een ernstige vete bestaan tussen Antonie de Lavaterne en Henry Cooperbrander. Gabriëlle de Lavaterne sprak over de angst van haar man en ook Blonde Sientje vertelt dat haar Antonie bang was voor een man van een geheim genootschap.'
Vledder knikte begrijpend.
'Henry Cooperbrander,' sprak hij met een licht sarcasme, 'was na de moord op Antonie de Lavaterne voor jou dus een redelijke verdachte en daarom wilde jij die avond met alle geweld naar Naarden.'
De Cock trok zijn gezicht in een ernstige plooi.
'Wij vonden,' ging hij docerend verder, 'ook Henry Cooperbran-

der met de Ponjaard van het Kruis vermoord. En daarbij verviel in feite de onderlinge vete als een motief voor de eerste moord.'
Vledder knikte.
'Zo dacht ik er ook over.'
De Cock staarde secondenlang voor zich uit.
'Wat ik mij nu afvraag,' formuleerde hij voorzichtig, 'bestonden er, of bestaan er nog, tussen de tempeliers meer vetes van het kaliber Cooperbrander-De Lavaterne? Heeft een van de nog levende tempeliers een motief om zijn broeders naar het leven te staan?'
Vledder zuchtte.
'Ik vrees dat wij daar nooit achter komen. Ik verwacht dat die Theodorus Termunten eenzelfde stelling zal innemen als Andreas van Aerdenburg.'
'Je bedoelt dat hij zich niet over onderlinge tegenstelling zal uitlaten?'
'Precies. Die luitjes van de broederschap zijn allen net zo gesloten als grootmeester Vidocq.'
De Cock plukte aan het puntje van zijn neus.
'Het zou kunnen betekenen dat geen enkele tempelier, nog in leven of dood, onbezoedeld is of was. Het zou mij niets verbazen als zij ook elkaar bespioneerden.'
Vledder grinnikte.
'Een fris stelletje.'
Er werd op de deur van de grote recherchekamer geklopt. Nog voor Vledder 'binnen' had kunnen roepen werd de deur geopend en dreunde Frederik Finken de kamer in. De panden van zijn fraaie zwarte regenjas wapperden en zijn witzijden sjaal hing slordig om zijn nek. Eerst toen hij bij het bureau van De Cock stond, nam hij zijn Eden-hoed af. Zijn gebruind gelaat zag vaal.
'Ze hebben Robert gearresteerd,' sprak hij hees.
De Cock keek hem een tijdje onbewogen aan en wees toen naar de stoel naast zijn bureau.
'Ga zitten.'
Het klonk als een bevel.
Frederik Finken nam plaats. Zijn hoed op zijn knieën.

’Ze hebben vannacht mijn zoon Robert gearresteerd,’ herhaalde hij zwaar hijgend. ’Het waren rechercheurs van de politie uit de regio Gooi- en Vechtstreek. Robert wordt verdacht van de moord op Henry Cooperbrander.’
De Cock knikte traag.
’Dat hebben ze ons gemeld.’
Frederik Finken schudde zijn hoofd.
’Hij is onschuldig.’
De Cock maakte een hulpeloos gebaar.
’Dat zal moeten blijken.’
Frederik Finken legde zijn hand op de rechterarm van De Cock.
’Ik ken mijn eigen jongen toch,’ riep hij jammerend. ’Robert is geen lieverdje, echt niet. Hij is soms wat wild, onstuimig, maar moord...’
Hij maakte zijn zin niet af.
’U, meneer De Cock,’ vervolgde hij smekend, ’moet mij helpen om zijn onschuld te bewijzen.’
’Ik ben geen advocaat.’
Frederik Finken klemde zijn hand vaster om de arm van De Cock.
’U moet de ware dader van de moord vinden, zo snel mogelijk. Dan zullen die lui van Gooi- en Vechtstreek beseffen dat ze de verkeerde man hebben opgepakt.’
De Cock liet zijn hoofd iets zakken.
’Ik heb nog geen enkele aanwijzing in deze ingewikkelde zaak. Ik krijg ook geen enkele medewerking. De mensen die ik tot nu toe in mijn onderzoek heb gesproken, liegen of spreken halve waarheden.’
De oude rechercheur hief zijn hoofd weer op.
’Ook u hebt gelogen, heer Finken,’ sprak hij streng. ’U bent nooit bevriend geweest met Antonie de Lavaterne. U kent zijn vrouw Gabriëlle niet en u hebt haar niet, zoals aan mij beloofd, opgezocht om haar te vertellen dat haar man was vermoord.’
Frederik Finken liet de arm van De Cock los.
’Ik ben inderdaad nooit met die Antonie de Lavaterne bevriend geweest,’ sprak hij hoofdschuddend. ’Dat was een leugen. Ik

wist alleen dat zijn vrouw Gabriëlle heette. Ik heb haar inderdaad niet bezocht. Durfde dat niet. Ik heb haar opgebeld, anoniem.'
De Cock keek hem verstoord aan.
'Waarom die leugens?'
Frederik Finken draaide zijn hoofd weg.
'Robert heeft Henry Cooperbrander niet vermoord,' veranderde hij van onderwerp.
De Cock strekte zijn wijsvinger naar hem uit.
'Hij was die avond in Naarden,' haalde hij fel uit.
Frederik Finken sloeg zijn handen even voor zijn gezicht en knikte.
'Ja,' verzuchtte hij, 'Robert was in Naarden. Hij had een afspraak met de tempelier Cooperbrander over een sponsorcontract. De bedoeling was dat Robert met shirtreclame meer bekendheid zou geven aan de doelstellingen van de broederschap. Die afspraak had ik voor hem gearrangeerd. Robert kwam die avond totaal overstuur bij mij thuis en vertelde dat hij Henry Cooperbrander dood in zijn villa had aangetroffen. Ik vroeg hem naar bijzonderheden, maar zijn verhaal was zo verward, dat ik er geen touw aan vast kon knopen.'
De Cock grijnsde.
'Toen hebt u midden in de nacht de vrouw van Henry Cooperbrander gebeld en haar gezegd dat tot zijn spijt Robert de afspraak met Henry niet was nagekomen en daarvoor bood u haar namens Robert zijn verontschuldiging aan.'
De oude rechercheur grijnsde opnieuw.
'En dat terwijl u op hetzelfde moment al wist dat haar man was vermoord. Ik vind dit een vieze leugen.'
De grijze speurder spreidde zijn handen en trok zijn schouders iets op.
'U... eh, u bent gewoon een onbetrouwbaar mens.'
Frederik Finken schudde zijn hoofd.
'Ik ben niet onbetrouwbaar,' reageerde hij mat. 'Ik sta niet als een onbetrouwbaar man te boek. Ik... eh, ik ben een vader, een radeloze vader met een zoon in ernstige moeilijkheden.'
Hij zuchtte diep.

'Is dat geen leugen waard?'
De Cock negeerde de vraag. Hij trok zijn gezicht strak.
'De technische dienst van de regio Gooi- en Vechtstreek heeft vingerafdrukken van Robert gevonden op de ponjaard waarmee Henry Cooperbrander werd vermoord.'
Frederik Finken knikte met een zucht.
'Dat heb ik gehoord,' sprak hij berustend. 'Iemand van de regio Gooi- en Vechtstreek vertelde mij van die vingerafdrukken toen ik inzake de arrestatie van Robert om opheldering vroeg.'
'Hebt u na zijn arrestatie al met Robert gesproken?'
Frederik Finken schudde zijn hoofd.
'Ik wilde eerst met u praten.'
Hij zette zijn tanden in zijn onderlip
'Het is verschrikkelijk. Als ik had geweten dat mogelijk Roberts vingerafdrukken op de ponjaard van het kruis zouden staan, dan had ik mevrouw Cooperbrander toch niet gebeld. Ik nam aan dat zij van de afspraak van haar man met Robert wist en wilde de verdenking van Robert wegnemen.'
Hij keek naar De Cock op.
'Zullen ze haar hebben verteld, van die vingerafdrukken op de ponjaard?'
De Cock knikte traag.
'Vermoedelijk wel.'
Frederik Finken kneep zijn ogen even dicht.
'Dan sta ik ook bij haar als een leugenaar te boek.'
De Cock krabde zich achter in zijn nek.
'*Al is de leugen nog zo snel*,' declameerde hij, '*de waarheid achterhaalt ze wel*. Het is een van die wijze kreten van mijn oude moeder.' De grijze speurder glimlachte vermoeid. 'Ik ben er na vele jaren recherche achter gekomen dat lang niet alle leugens door de waarheid worden achterhaald.'
Hij boog zich naar Frederik Finken.
'Waarom loog u tegen mij over uw vriendschap met Antonie de Lavaterne?'
Frederik Finken antwoordde niet direct.
'Uw kwaliteiten als speurder,' sprak hij ontwijkend, 'zijn in ons land een begrip. Als u mij de toezegging doet dat u alles

zult ondernemen om de ware moordenaar van Henry Cooperbrander te ontmaskeren, dan zal ik u de waarheid achter mijn leugens openbaren.'
De Cock glimlachte.
'Die toezegging hebt u niet nodig,' sprak hij hoofdschuddend. 'Ik ben gewoon een trouwe dienaar van het recht. Ik heb mij bij elke zaak die ik in behandeling heb gekregen, steeds volledig ingezet.'
Frederik Finken verschoof iets op zijn stoel. Het vaal trok uit zijn gezicht weg.
'Ik heb u al verteld dat ik een lid ben van de bloedraad van de Broederschap van het Kruis. De bloedraad heeft tot taak toezicht te houden op het gedrag van de leden van de broederschap, ook op het gedrag van de tempeliers.
Er gaan in de broederschap al geruime tijd geruchten dat de tempeliers zich ten koste van ons genootschap verrijken. Vooral de tempelier Antonie de Lavaterne werd genoemd. Ik heb in opdracht van de bloedraad geprobeerd om een sluitende bewijslast tegen hem op te bouwen. Dat is mij niet gelukt.
Toen ik hoorde dat Antonie de Lavaterne was vermoord, heb ik mij bij u als zijn vriend gepresenteerd. Ik deed dit in de hoop dat u bereid zou zijn om mij, als zijn vriend, over mogelijke achtergronden en motieven te informeren.'
De Cock glimlachte.
'Dat lukte niet.'
Frederik Finken schudde zijn hoofd.
'Achteraf had ik u beter kunnen zeggen dat ik lid was van de bloedraad en dat ik de vermoorde Antonie de Lavaterne verdacht van malversaties.'
'Wist u dat er een vete bestond tussen Antonie de Lavaterne en Henry Cooperbrander?'
Frederik Finken knikte.
'Dat was mij bekend. Ik verwachtte zonder meer dat uw onderzoek op den duur naar Henry Cooperbrander zou leiden. Er waren volgens mij meer mensen van de vete tussen die twee op de hoogte. Ik was stomverbaasd toen ik de volgende dag vernam dat ook Henry Cooperbrander was vermoord.'

'Dat klopte niet met uw theorie.'
'Nee.'
De Cock grinnikte.
'Ook niet met de mijne. Ik zag in die Cooperbrander een redelijke verdachte. Kende u de achtergronden van de vete tussen Antonie de Lavaterne en Henry Cooperbrander?'
Frederik Finken schudde zijn hoofd.
'Antonie de Lavaterne schermde zichzelf goed af. Hij speelde de punctuele, accurate en uiterst betrouwbare bankdirecteur, op wie geen enkele blaam rustte.'
Hij snoof.
'Maar elke woensdag bezocht hij in de buurt van de Wallen een bevallig hoertje.'
De Cock lachte.
'U bent zijn gangen nagegaan?'
Frederik Finken knikte.
'Hij betaalde dat grietje grof geld.'
'Waarom was Henry Cooperbrander niet openhartig. Hij had zijn vete met Antonie de Lavaterne toch aan de bloedraad kunnen melden.'
Frederik Finken grinnikte.
'Dief en diefjesmaat. Blijkbaar wist De Lavaterne van malversaties door Cooperbrander gepleegd.'
De Cock knikte begrijpend.
'Bij een eventuele aanklacht zou Henry Cooperbrander ook zelf in moeilijkheden komen.'
'Zo is het.'
De Cock keek hem strak aan.
'Waarom wilt u tempelier worden?'
Frederik Finken reageerde verrast.
'Dat weet u?'
De Cock knikte.
'Wij hebben met grootmeester Vidocq gesproken.'
Frederik Finken schudde zijn hoofd.
'Dat had hij u niet mogen zeggen.'
De Cock glimlachte.
'Ik ken zijn gedragscode niet.'

'Zo'n verzoek om tempelier te mogen worden is geheim.'
De Cock glimlachte opnieuw.
'Ik heb nog steeds geen antwoord op mijn vraag. Waarom wilt u tempelier worden?'
Het gezicht van Frederik Finken vertrok tot een droeve grijns.
'Om de fraude binnen de Broederschap van het Kruis uit te roeien,' riep hij fel. 'Wanneer ik als tempelier vrijelijk over spionnen mag beschikken, zal het mij gemakkelijker zijn om bewijzen van fraude te verzamelen en aan de bloedraad voor te leggen.'
De Cock vouwde zijn handen.
'U vertrouwt ook de nog levende tempeliers niet?'
Frederik Finken snoof.
'Voor geen stuiver.'

13

Toen Frederik Finken uit de recherchekamer was vertrokken, stond De Cock van zijn stoel op.
'Ik ga even naar de kantine voor een kop koffie. Bel jij intussen met onze collega's van de regio Gooi- en Vechtstreek. Ik ben benieuwd naar het verhoor van Robert Finken en zijn verklaring over zijn vingerafdrukken op de ponjaard. Vraag ook of zijn vader hem mag bezoeken.'
'En dan?'
'Dan gaan wij samen naar de IJsselsteinse Bank. We hebben nog steeds niet met de secretaresse van Antonie de Lavaterne gesproken.'
'Oké boss.'
De Cock keek op hem neer.
'Ik ben jouw *boss* niet, wil dat ook niet zijn.'
Vledder grinnikte en De Cock liep hoofdschuddend de kamer af.
Na een goed kwartier was hij terug en ging weer achter zijn bureau zitten.
'Gebeld?' vroeg hij nieuwsgierig.
'Ja.'
'En?
Vledder trok een somber gezicht.
'Je krijgt vermoedelijk weer gelijk. Robert Finken heeft tot nu toe ten stelligste ontkend Henry Cooperbrander te hebben vermoord. Volgens hem was de tempelier al stervende toen hij hem in zijn villa in Naarden bij het vuur van de open haard aantrof.'
De Cock fronste zijn wenkbrauwen.
'Stervende?'
Vledder knikte.
'Robert Finken heeft tegen de rechercheur die hem verhoorde gezegd dat hij meende dat Cooperbrander nog kreunde toen hij op de vloer naast hem knielde.'

'Hoe kwam hij binnen?'
'Robert Finken vertelde dat hij iets te vroeg was voor zijn afspraak met Henry Cooperbrander. Hij was in de Jan Toebacklaan nog een poosje in zijn auto blijven zitten. Toen het tijd werd is hij naar de villa gelopen en vond de toegangsdeur wijd open. Dat maakte hem nieuwsgierig. Hij stapte de hal binnen en riep: "Volk." Toen niemand reageerde, heeft hij een van de deuren in de hal geopend. Het bleek de deur van een slaapkamer. Die heeft hij weer dichtgedaan. De tweede deur die hij opende, bracht hem in de kamer met het haardvuur.'
'En de stervende Henry Cooperbrander.'
'Precies.'
De Cock boog zich iets naar voren.
'De vingerafdrukken?'
Vledder glimlachte.
'Tijdens zijn eerste verhoor sprak Robert Finken met geen woord over het feit dat hij de ponjaard in de rug van Henry Cooperbrander had vastgepakt. Eerst toen hij door de verhorende rechercheur met zijn vingerafdrukken werd geconfronteerd, vertelde Robert Finken dat hij in een soort impuls naar het heft van de ponjaard had gegrepen toen hij meende dat het slachtoffer kreunde en hij het idee had dat de tempelier nog in leven was.'
De Cock steunde met zijn ellebogen op zijn bureau en liet zijn hoofd in het kommetje van zijn handen rusten.
'Dat is het?'
Vledder knikte.
'Dat heb ik opgetekend.'
'Geloven de rechercheurs van de regio zijn verhaal?'
Vledder schudde zijn hoofd.
'Volgens hen is het slechts een kwestie van tijd. Ze zijn ervan overtuigd dat Robert Finken de moord op Henry Cooperbrander zal bekennen nog voor hij voor de OVJ* wordt geleid. Op die moord willen ze zich voorlopig concentreren. Pas daarna is het aan ons om Robert Finken over de Amsterdamse moord op Antonie de Lavaterne te verhoren.'

* *officier van justitie*

De jonge rechercheur keek naar De Cock op.
'Geloof jij zijn verhaal?'
De Cock trok een bedenkelijk gezicht.
'Niet helemaal.'
Vledder keek hem verbaasd aan.
'Welk facet dan niet?'
'De wijdopen deur.'
Vledder grinnikte.
'De moordenaar was gevlucht en had zich niet de tijd gegund om de deur netjes achter zich te sluiten.'
De Cock schudde zijn hoofd.
'Als Robert Finken de heer Henry Cooperbrander inderdaad nog heeft horen kreunen, dan moet hij de moord praktisch hebben zien gebeuren. Toen wij die avond, dus na Robert Finken, het lijk van Cooperbrander bij het haardvuur vonden, was de daad nog zo vers dat ik persoonlijk de mogelijkheid niet uitsloot dat de moordenaar nog in de villa aanwezig was.'
Vledder schudde zijn hoofd.
'Die was er niet meer.'
De Cock strekte zijn wijsvinger naar hem uit.
'Als de moordenaar na zijn daad, voor de komst van Robert Finken, uit de villa was gevlucht en de deur wijd open had gelaten, dan moet Robert Finken hem vrijwel tegen het lijf zijn gelopen.'
'Die wijdopen deur zit je dwars?'
De Cock knikte.
'Het verhaal van Robert Finken rammelt. Maar vermoedelijk kan hij niet anders.'
'Hoezo?'
De Cock glimlachte.
'Als die deur niet wijd open had gestaan, hoe kwam hij dan binnen?'
Vledder gniffelde.
'Dus stond de deur wijd open.'
De Cock maakte een berustend gebaar.
'Dan zag hij de dader.'
'Zijn er geen andere mogelijkheden?'
De Cock schudde zijn hoofd.

'Robert Finken verklaart dat hij een poosje in zijn auto heeft zitten wachten tot het tijdstip van zijn afspraak met Henry Cooperbrander. Ik weet niet of Robert Finken die wachttijd wat exacter kan aangeven, maar in de tijd die verliep tussen zijn aankomst in de Jan Toebacklaan en zijn gang naar de villa, moet de moord zijn gepleegd. Naar mijn overtuiging moet hij de dader hebben gezien.'
Vledder spreidde zijn handen.
'Waarom zegt hij dat niet?' riep hij gespannen. 'Het zou hem toch ontlasten?'
De Cock trok zijn schouders op.
'Geen idee,' sprak hij geërgerd. 'Ik begrijp er geen snars van. Het is uiteraard mogelijk dat de moordenaar via een andere uitgang de villa heeft verlaten en dat Robert Finken de dader niet heeft gezien. Maar dan blijf ik toch zitten met het probleem van die wijdopen deur.'
De grijze speurder zweeg.
'Ik heb,' ging hij na enige tijd verder, 'nog wel een paar vragen voor Robert Finken.'
'Zoals?'
De Cock gebaarde voor zich uit.
'Heeft hij na zijn aankomst in de Jan Toebacklaan een wagen zien of horen wegrijden? Stond de deur van de villa werkelijk wijd open of heeft een nog levende Cooperbrander hem binnengelaten of, nog indringender, heeft de moordenaar de deur voor hem opengehouden. Waarom heeft hij bij het vinden van de stervende Cooperbrander niet de politie gewaarschuwd? Waarom liet hij die nacht zijn vader voor een vals alibi zorgen?'
De oude rechercheur bromde.
'Zo kan ik nog wel even doorgaan.'
Vledder zuchtte.
'Misschien hebben onze collega's uit de regio het wel bij het juiste eind en is Robert Finken wel degelijk de man die Henry Cooperbrander met een ponjaard om het leven bracht.'
De Cock staarde voor zich uit. Het raderwerk van zijn denken raakte in de hoogste versnelling, maar het verlossende antwoord kwam niet.

De oude rechercheur stond van zijn stoel op en sjokte naar de kapstok.
Vledder kwam hem na.
'Waar ga je heen?'
De Cock keek hem verwonderd aan.
'De IJsselsteinse Bank, de secretaresse verhoren. Dat hadden we toch afgesproken?'
De telefoon op het bureau van De Cock rinkelde.
Vledder draaide zich om, liep naar zijn bureau terug en pakte de hoorn op.
Het duurde maar even.
Met een bleek gezicht bleef de jonge rechercheur achter zijn bureau staan.
De Cock liep op hem toe.
'Wie was dat?'
'Theodorus Termunten.'
'De tempelier?'
'Ja.'
'En?'
'Hij heeft in de meditatiekamer van de tempel aan de Vrijheidslaan zijn collega-tempelier Andreas van Aerdenburg aangetroffen.'
De Cock keek hem geschrokken aan.
'Dood?'
Vledder knikte.
'Met de Ponjaard van het Kruis in zijn rug.'

De Cock liet zijn blik door het fraaie vertrek dwalen. De meditatiekamer van de tempel van de Broederschap van het Kruis was stijlvol ingericht. De eikenhouten lambrisering in combinatie met diepe lederen fauteuils was rustgevend. Van het plafond kwam een zacht diffuus licht dat nergens stoorde.
Het lijk van Andreas van Aerdenburg met trots rechtop in zijn rug een ponjaard, vormde in die statige ambiance een schrille dissonant.
Vledder keek hem van terzijde aan.
'Jouw waarschuwing heeft niet geholpen.'

De Cock negeerde de opmerking.
'Heb je de meute gewaarschuwd?'
Vledder knikte.
'Via de mobilofoon.'
'Wikkel jij het hier verder af?'
Vledder keek hem niet-begrijpend aan.
'Ga jij weg?'
De Cock duimde over zijn rug.
'In een aangrenzend kamertje zit Andreas Termunten. Hij is totaal overstuur, maar ik wil toch met hem praten.'
Vledder gebaarde om zich heen.
'Heb je nog wensen?'
De Cock knikte.
'Zorg ervoor dat Bram van Wielingen zijn werk als fotograaf goed doet en vraag aan Ben Kreuger van de dactyloscopische dienst of hij de ponjaard in de rug van Van Aerdenburg nu al op vingerafdrukken wil onderzoeken.'
De grijze speurder wees naar het lijk op de vloer.
'Volgens mij is hij nog niet zo lang dood. Ik schat nog geen uur. Er waren nog geen tekenen van lijkstijfheid. Vraag een schatting van dokter Den Koninghe. De lijkschouwer zal het vermoedelijk met mij eens zijn.'
Hij keek Vledder enige seconden zwijgend aan.
'En weet je wat dat betekent?'
Vledder knikte traag.
'Dat Robert Finken deze moord op Andreas van Aerdenburg niet gepleegd kan hebben. Hij zat vast bij de politie in de regio Gooi- en Vechtstreek.'

De Cock ging aan een tafeltje tegenover een gebogen Theodorus Termunten zitten. Toen de man bemerkte dat iemand in zijn nabijheid was, stond hij van zijn stoel op en deed een stap achteruit.
De Cock keek omhoog. In een omlijsting van lang grijs, bijna zilverwit haar, zag De Cock een lang ovaal gelaat met vele rimpels, een brede mond en een iets geprononceerde neus. De groene ogen, diep weggezonken in de kassen, stonden helder.

Het lange gewaad dat de man droeg, gaf hem het aanzien van een bijbelse profeet. De Cock liet zijn blik naar de voeten van de tempelier dwalen en verwachtte sandalen. Die droeg hij.
De Cock gebaarde naar de stoel.
'Gaat u weer zitten.'
De tempelier voldeed aan zijn verzoek.
'Wie bent u?' vroeg hij.
De grijze speurder toonde zijn beminnelijkste glimlach.
'Mijn naam is De Cock. De Cock met ceeooceekaa. Ik ben rechercheur van politie en belast met het onderzoek naar de recente moorden op de tempeliers van de Broederschap van het Kruis.'
Theodorus Termunten tikte op zijn borst.
'Ik ben een tempelier, de oudste en nu nog de enige van onze broederschap. Een of andere fanaat is bezig ons uit te roeien.'
De Cock knikte instemmend.
'En die fanaat wil ik graag ontmaskeren.'
'Een nobel streven.'
De Cock glimlachte opnieuw.
'Of het zo nobel is, weet ik niet. Het is mijn vak, niet meer en niet minder.'
Hij zweeg even.
'U hebt de dode Andreas van Aerdenburg in de meditatiekamer van de tempel aangetroffen.'
Theodorus Termunten knikte.
'Ik schat zo'n half uur geleden.'
De Cock keek hem schuins aan.
'Hoe wist u dat u mij moest bellen?'
'Grootmeester Vidocq heeft mij uw telefoonnummer gegeven voor het geval ik iets zou ontdekken wat u zou kunnen helpen bij de oplossing van de moorden.'
De Cock knikte begrijpend.
'U woont hier in de tempel?'
Theodorus Termunten schudde zijn hoofd.
'Ik woon niet zo ver hier vandaan, vlak bij in de Kromme Mijdrechtstraat.'
'Waren er nog andere bezoekers in de tempel?'

Theodorus Termunten schudde zijn hoofd.
'Het is geen tijd voor bijeenkomsten. De tempel is overdag meest verlaten. Een enkele keer komt de grootmeester met enkele broeders hier om te mediteren.'
'U hebt een sleutel?'
Theodorus Termunten knikte.
'Alle tempeliers hebben... hadden een sleutel.'
'Ook Andreas van Aerdenburg?'
'Zeker. Ook hij had van grootmeester Vidocq uw telefoonnummer gekregen. De grootmeester maakte zich grote zorgen om ons welzijn.'
'Wat kwam u in de tempel doen?'
'Andreas van Aerdenburg bezoeken.'
'Woont hij in de tempel?'
Theodorus Termunten schudde zijn hoofd.
'Andreas van Aerdenburg belde mij thuis op en vroeg of ik naar de tempel wilde komen.'
'Hij belde vanuit de tempel?'
Theodorus Termunten maakte een verontschuldigend gebaar.
'Dat weet ik niet,' sprak hij jammerend. 'Het kan best zo zijn, maar ik heb niet gevraagd van waar hij belde. Ik heb zijn verzoek ingewilligd en ben onmiddellijk naar de tempel gegaan.'
'En daar vond u hem in de meditatiekamer met een ponjaard in zijn rug?'
'Dat heb ik u al gezegd.'
'Hoeveel tijd is er naar uw schatting verlopen vanaf het moment dat hij u belde tot het moment dat u hem dood in de meditatiekamer vond?'
'Een half uurtje, drie kwartier. Misschien nog wel iets korter.'
'Heeft Andreas van Aerdenburg u bij dat telefoongesprek gezegd waarover hij u wilde spreken?'
Theodorus Termunten knikte nadrukkelijk.
'Andreas van Aerdenburg zei dat hij wist wie de moorden op de tempeliers had gepleegd en wilde met mij overleggen wat ons verder te doen stond.'
De Cock boog zich met een ruk naar hem toe.
'Heeft hij een naam genoemd?'

Theodorus Termunten schudde zijn hoofd.
'Hij deed nogal geheimzinnig, paniekerig, struikelde over zijn woorden.'
De Cock keek hem verward aan.
'Andreas van Aerdenburg kende de moordenaar?'
Zijn stem trilde van emotie.
'Dat zei hij.'
'Wie maakte een einde aan het telefoongesprek?'
Theodorus Termunten reageerde geprikkeld.
'Andreas van Aerdenburg. Hij brak plotseling af.'
Het gezicht van De Cock betrok.
'Andreas van Aerdenburg had mijn telefoonnummer,' stelde hij streng. 'Waarom heeft hij míj niet gebeld?'
Theodorus Termunten gebaarde achter zich.
'Dat moet u hem vragen.'
De Cock zuchtte diep.
'Van hem kan ik geen antwoord meer verwachten.'

14

De Cock kwam uit zijn stoel omhoog. Met een vaag gevoel van wrevel keek hij op de grijze man neer. De verklaring van Theodorus Termunten had hem zo verbijsterd, dat zijn befaamde verhoortechniek stokte. Er kwamen geen nieuwe vragen meer bij hem op. Alleen herhalingen van hetgeen hij al wist.
Het idee dat de oplossing van de moorden zo nabij was geweest, bezorgde hem een gevoel van onbehagen, van verslagenheid.
'Toen u bij de tempel kwam,' vroeg hij vermoeid, 'had u toen een sleutel nodig om binnen te komen?'
Theodorus Termunten keek naar hem op en schudde zijn hoofd.
'De deur stond half open. Zoals gewoonlijk als er iemand in de tempel is.'
'De afspraak die u met Andreas van Aerdenburg maakte, gold de meditatiekamer?'
Theodorus Termunten knikte nadrukkelijk.
'Vanzelfsprekend. De meditatiekamer is de plek waar de tempeliers van onze broederschap elkaar gewoonlijk ontmoeten.'
De Cock ging weer tegenover hem zitten. Het gevoel van onbehagen en wrevel zakte langzaam uit hem weg. Hij begreep dat de man voor hem geen verwijt trof. Hij keek de laatste tempelier bezorgd aan.
'Kunt u uw woning in de Kromme Mijdrechtstraat goed afsluiten?' vroeg hij vriendelijk.
Theodorus Termunten knikte.
'Sinds de gewelddadige dood van mijn broeders De Lavaterne en Cooperbrander heb ik twee grendels op mijn huisdeur laten aanbrengen. Voor de zekerheid. Ik ben altijd al een voorzichtig man geweest.'
De Cock glimlachte.
'Laat in de komende dagen niemand uw woning binnen. Maak geen afspraken, met wie ook. Ik neem spoedig contact met u op. Uw leven is mij veel waard. Als ik ook u met een ponjaard

in uw rug zou vinden, dan heb ik geen enkele mogelijkheid meer om achter de waarheid te komen.'
Theodorus Termunten schudde zijn hoofd.
'Ik laat mij niet verrassen.'
De Cock zuchtte omstandig.
'Ik vermoed dat ook Andreas van Aerdenburg zich volkomen veilig heeft gevoeld. Toch werd hij verrast. En ik had hem nog zo gewaarschuwd.'
Hij zweeg even. Nadenkend.
'Ik vraag mij af,' ging hij verder, 'hoe Andreas van Aerdenburg aan zijn wetenschap is gekomen. Hoe kon hij achter de identiteit van de moordenaar komen? Hebt u hem dat gevraagd?'
Theodorus Termunten schudde zijn hoofd.
'Daar heb ik geen kans toe gekregen. Ik zei u al: hij brak abrupt af.'
'Heeft dat u niet verontrust?'
Theodorus Termunten grijnsde.
'Andreas was wel eens meer kortaf.'
De Cock glimlachte opnieuw. Beminnelijk.
'Ik ben met u klaar. Maar blijf zolang hier zitten. Mijn collega en ik brengen u straks thuis.'
De oude rechercheur liep bij hem weg. Bij de deur van het kamertje draaide hij zich plotseling om.
'Was Van Aerdenburg uw vriend?'
Theodorus Termunten schudde zijn hoofd.
'Geen vriend, slechts mijn broeder.'
'Pleegde uw broeder als tempelier wel eens fraude?'
Theodorus Termunten keek naar hem op. Zijn brede mond stond strak en zijn neusvleugels trilden.
'Ik weet niet,' reageerde hij scherp, 'wat u onder het begrip fraude verstaat.'
De Cock vroeg niet verder.

In de meditatiekamer liep De Cock op Vledder toe en gebaarde om zich heen.
'Is de meute weg?' vroeg hij overbodig.
De jonge rechercheur knikte.

'Bram van Wielingen heeft foto's gemaakt en Ben Kreuger heeft het heft van de ponjaard ingekwast.'
'En?'
Vledder schudde zijn hoofd.
'Geen vingerafdrukken. Volgens Ben Kreuger droeg de dader vermoedelijk handschoenen. Daar heeft hij spoortjes van gevonden.'
'Kon hij daar wat mee?'
Vledder trok een bedenkelijk gezicht.
'Leren handschoenen laten ook wel eens spoortjes na. Vooral als ze veel zijn gedragen. Maar als bewijsmateriaal doe je er, volgens Kreuger, niet veel mee.'
'Wat zei dokter Den Koninghe?'
Vledder glimlachte.
'Je hebt goed geschat. Ook de lijkschouwer zei dat er nog geen lijkstijfheid was. Volgens hem trad de dood ongeveer een uur geleden in. Wellicht iets langer, maar niet veel meer dan een half uur.'
'Het lijk is al afgevoerd, zie ik.'
Vledder knikte.
'De broeders van de geneeskundige dienst brengen hem naar Westgaarde.'
De Cock dacht even na.
'Je moet onze collega's van de regio Gooi- en Vechtstreek zo spoedig mogelijk over deze moord informeren. Dat lijkt mij belangrijk. Uiteraard moeten zij daaruit hun eigen conclusies trekken.'
'Welke?'
De Cock lachte.
'Daar ga ik niet op in. Maar volgens mij moeten ze Robert Finken zijn vrijheid teruggeven.'
De oude rechercheur keek om zich heen.
'Heb je hier al rondgeneusd?'
Vledder schudde zijn hoofd.
'Er valt hier in de meditatiekamer niet veel te neuzen. Misschien verder in de tempel? Ik heb begrepen dat er meerdere vertrekken zijn.'
De Cock ademde diep.

'We moeten toch maar eens even goed kijken. Misschien heeft Andreas van Aerdenburg kort voor zijn dood nog aantekeningen gemaakt.'
'Waarover, over wie?'
'Zijn moordenaar.'
Vledder grinnikte ongelovig.
'Zijn moordenaar?'
'Ja.'
'Hoe... eh, hoe kom je daarbij?'
De Cock duimde over zijn schouder.
'Theodorus Termunten vertelde mij dat Andreas van Aerdenburg hem had gebeld met de mededeling dat hij wist wie voor de moorden op de tempeliers verantwoordelijk was. Hij kende de dader.'
De mond van Vledder viel half open.
'Wat?'
De Cock knikte.
'Dat moet hij hebben gezegd.'
'En wie is die moordenaar?'
De Cock maakte een hulpeloos gebaar.
'Stom. Hij heeft geen naam genoemd. Hij vroeg Termunten om naar de tempel te komen om te overleggen welke stappen zij zouden ondernemen.'
Vledder keek hem verbijsterd aan.
'Inmiddels sloeg de moordenaar toe.'
De Cock knikte.
'Ik krijg langzamerhand schoon genoeg van die kruisridders,' sprak hij bitter. 'Ieder lid handelt op zijn eigen houtje. Andreas van Aerdenburg kende ons telefoonnummer. Grootmeester Vidocq had hem dat gegeven om ons in te lichten wanneer hij iets te weten kwam wat ons dichter bij de dader kon brengen. Als hij ons onmiddellijk had gebeld en had verteld wat hij wist, dan had hij vermoedelijk zelf nog geleefd en hadden wij de dader kunnen arresteren.'
De grijze speurder schudde zijn hoofd.
'Van Aerdenburg moest eerst zo nodig met broeder Termunten overleggen.'
'Waarover?'

De Cock maakte een schouderbeweging.
'Ik schat dat Andreas van Aerdenburg met hem wilde overleggen of hij ons wel zou inlichten.'
Vledder keek hem verward aan.
'Dat is toch te dwaas,' riep hij kwaad. 'Iemand die een reeks moorden heeft gepleegd, laat je toch niet vrijuit gaan?'
De Cock grijnsde.
'Tenzij,' antwoordde hij voorzichtig, 'tenzij eigen belangen een grote rol spelen. Bedenk dat volgens de regels van de broederschap de bloedraad de bloedwraak over haar leden kan uitspreken.'
'Eigenrichting.'
De Cock knikte.
'Inderdaad, eigenrichting. Volgens mij zijn die eigenzinnige lieden van de broederschap daartoe in staat.'
De oude rechercheur zweeg, blikte in de meditatiekamer somber om zich heen.
'We hebben hier niets meer te zoeken,' sprak hij gelaten. 'De andere vertrekken van de tempel onderzoeken we morgen wel. Ga mee, dan brengen we de laatste tempelier naar huis.'
Hij schoof de mouw van zijn colbert en regenjas terug en keek op zijn horloge. Met een droeve grijns op zijn gezicht schudde hij zijn hoofd.
'Het is alsof de duivel ermee speelt, we zijn alweer te laat.'
'Waarvoor?'
'De secretaresse van Antonie de Lavaterne. De IJsselsteinse Bank is inmiddels gesloten.'
'Mañana.'
De Cock trok zijn wenkbrauwen op.
'Mañana, wat betekent mañana?'
Vledder glimlachte.
'Zoiets,' sprak hij gelaten, 'als... eh, als morgen is er weer een dag.'

De Cock had moeie voeten.
Met zijn broekspijpen tot aan zijn knieën opgerold stak hij zijn behaarde, witbleke benen in een teil dampend water. Parelend bruiszout kriebelde tussen zijn tenen.

Voorovergebogen en met een van pijn vertrokken gezicht streek hij met zijn handen langs zijn enkels. Het leek hem toe dat een legioen venijnige duiveltjes met lange scherpe naalden in de bollen van zijn kuiten prikten. De pijn gaf hem een onbehaaglijk gevoel van verslagenheid. Hij wist wat die pijn betekende. Wanneer een onderzoek slecht verliep, wanneer hij het idee had steeds verder van de oplossing weg te drijven, togen venijnige duiveltjes ten aanval en voelde hij zijn voeten. Hij blikte schuins omhoog naar zijn vrouw.
'Moet er nog warm water bij?' vroeg ze bezorgd met een zware ketel in haar hand.
De Cock knikte.
'Voorzichtig.'
In zijn stem klonk angst.
Ze schonk vanuit de ketel water in de teil.
'Nog meer?'
De oude rechercheur maakte een afwerend gebaar.
'Ik hoef niet levend gekookt te worden,' riep hij knorrig. 'Ik ben geen kreeft.'
Mevrouw De Cock lachte. Ze kende de stemmingen van haar man en wist dat zijn slechte humeur meer met zijn werk dan met zijn voeten te maken had.
'Ben je er nog niet uit?' vroeg ze liefjes.
De Cock schoof zijn benen heen en weer.
'Waaruit?' vroeg hij overbodig.
'Die moorden op de tempeliers.'
De Cock schudde zijn hoofd.
'Vroeger leek het oplossen van een moordzaak op een kruiswoordpuzzel,' sprak hij mopperend, 'nu zijn het cryptogrammen.'
Hij trok zijn rechterbeen iets omhoog en liet het water van zijn voet druipen.
'Zegt een van die tempeliers,' sprak hij sneerend, 'dat hij weet wie de moordenaar is en laat zich voordat hij dat wereldkundig maakt, door diezelfde moordenaar om zeep helpen. Onbegrijpelijk.'
Grommend trok hij zijn andere been uit het water en pakte een handdoek.

Mevrouw De Cock hoorde hem hoofdschuddend aan.
'Maak wat voort, Jurrian,' spoedde ze hem aan. 'Je moet naar de Warmoesstraat.'
De Cock snoof.
'Ik ben avond aan avond op pad. Ze kunnen 's morgens wel een uurtje op me wachten.'
Mevrouw De Cock zuchtte omstandig.
'Vledder heeft al een paar maal gebeld en gevraagd waar je bleef.'
De oude rechercheur keek op.
'Wat wil dat joch?'
Mevrouw De Cock bukte zich en nam de teil onder zijn voeten weg.
'Het is geen "joch",' verbeterde ze bestraffend. 'Hij is je collega. Een hardwerkende jongeman, aan wie jij veel plezier beleeft.'
De telefoon in de huiskamer rinkelde.
Mevrouw De Cock zette de teil op de vloer en nam de hoorn op.
Ze keek naar haar man, die zijn voeten droogde.
'Het is Vledder. Hij komt je zo met de Golf halen.'
De Cock keek geërgerd op.
'Waarom?'
'Vledder zegt dat het anders te laat is. De secretaresse van wijlen Antonie de Lavaterne gaat een paar dagen met vakantie naar Parijs.'

De Cock keek haar onderzoekend aan. Hij schatte haar voor in de dertig. Ze had een wat tanige huid, donkbruine ogen en zwart haar in een ponykapsel. Ze was onberispelijk gekleed in een roodfluwelen mantelpakje met een rok tot een handbreedte onder de knie.
'U bent de secretaresse van wijlen de heer Antonie de Lavaterne?'
De jonge vrouw knikte.
'Mijn naam is Anita Wilkens,' sprak ze monter. 'Ik ben al meer dan tien jaar bij de IJsselsteinse Bank in dienst en was onge-

veer vier en een half jaar de secretaresse van de heer De Lavaterne.'
De Cock maakte een verontschuldigend gebaar.
'Ik had u al op de morgen van zijn overlijden willen benaderen. Maar er kwam steeds iets tussen. De zaak heeft na de dood van de heer De Lavaterne een dramatisch vervolg gekregen.'
Anita Wilkens gebaarde naar de telefoon op haar bureau.
'Ik begreep eerlijk gezegd niet dat u wat betreft de gewelddadige dood van de heer De Lavaterne geen belangstelling voor mij had. Daarom heb ik vanmorgen maar even gewaarschuwd dat ik een paar dagen naar Parijs ga.'
De Cock schudde zijn gevouwen handen.
'Daarvoor ben ik u dankbaar.'
De oude rechercheur boog zich iets naar haar toe.
'Vormde u samen met de heer De Lavaterne een vruchtbare combinatie?'
Anita Wilkens trok haar wenkbrauwen iets op.
'Wat bedoelt u met vruchtbaar?'
De Cock lachte.
'Laat ik het, om misstanden te voorkomen, anders formuleren: kon u goed met hem overweg?'
Het gezicht van Anita Wilkens betrok.
'Hij was een wat duistere man, die vrijwel al zijn verplichtingen ten opzichte van de IJsselsteinse Bank aan mij overliet. Sinds zijn dood is hier niets veranderd. Ik mis hem geen moment.'
De Cock glimlachte.
'Wat bedoelt u met duister?'
'Hij had naast zijn werkzaamheden voor de IJsselsteinse Bank veel activiteiten waarvan hij mij als zijn secretaresse geen deelgenoot maakte, en waarover ik u dus ook niet kan inlichten.'
'Dat bedoelt u met duister.'
'Precies.'
'Kent u de Broederschap van het Kruis?'
Anita Wilkens knikte.
'De heer De Lavaterne was daar lid van. Volgens mij had hij in die broederschap een belangrijke functie.'

'Hij was tempelier.'
Anita Wilkens trok haar schouders op.
'Zegt mij niets.'
De Cock liet het onderwerp rusten.
'Volgens zijn vrouw was de heer De Lavaterne zeer punctueel, bijna manisch.'
Er gleed een glimlach langs haar mond.
'Voor haar,' sprak ze minachtend. 'Zo deed hij zich aan haar voor. Het was camouflage, een act.'
'Waarvoor? Met welk doel?'
Anita Wilkens gebaarde heftig.
'Om haar te misleiden,' sprak ze geëmotioneerd. 'Zij probeerde zijn gangen zoveel mogelijk na te gaan. Ze belde mij vaak op en vroeg mij naar gedragingen van haar man. Ze had duidelijk weinig vertrouwen in haar echtgenoot. Ik had echter van de heer De Lavaterne de strikte order op dergelijke vragen van haar niet in te gaan.'
De Cock knikte begrijpend.
'Hebt u enig idee waarmee de moord op de heer De Lavaterne verband zou kunnen houden?'
Anita Wilkens gebaarde voor zich uit.
'Ik denk dat u zult moeten graven in de duistere zijde van zijn activiteiten.'
'De zijde waarvan u niets weet.'
'Precies.'
'U hebt tegen de vrouw van de heer De Lavaterne gezegd dat hij op de dag van zijn vermissing op normale tijd de bank had verlaten.'
'Inderdaad.'
'Klopt dat?'
'Half zes. Dat is onze tijd.'
'Hebt u die dag nog iets bijzonders aan hem bemerkt?'
Anita Wilkens knikte.
'Een bloemetje.'
De Cock keek haar verrast aan.
'Een bloemetje?'
Anita Wilkens knikte opnieuw.

'Hij stuurde mij die middag naar de bloemenzaak om bloemen te kopen, rode rozen, achtentwintig stuks.'
'En met die rozen heeft hij de bank verlaten?'
Anita Wilkens schonk hem een wrange glimlach.
'Fluitend.'

15

De Cock blikte om zich heen. Het kleine vertrek was hem vertrouwd. Aan het tafeltje had hij met Theodorus Termunten gesproken. De laatste tempelier van de Broederschap van het Kruis vormde nu het lokaas. Hij had de oude man bereid gevonden om volledig zijn medewerking te verlenen. Gewillig had hij zich op zijn sandalen en in zijn lang gewaad van alle zijden laten fotograferen. Ook later had hij geduldig model gestaan. Tevens bleek hij bereid om in zijn beverig handschrift de moordenaar uit te nodigen voor een gesprek in de meditatiekamer van de tempel.

De Cock hoopte vurig dat degene die hij voor de moorden op de tempeliers verantwoordelijk achtte, op de uitnodiging van Theodorus Termunten in zou gaan. Als de dader niet kwam opdagen, mislukte zijn ingenieus uitgedacht plan. Vreemd genoeg voelde hij niet die intense spanning die hem kort voor de ontknoping van de vele andere moorden in zijn loopbaan had beheerst. Integendeel, hij voelde zich koel, kalm, volledig ontspannen.

Wanneer de dader, zo overdacht hij, zijn valstrik zou doorzien, diende hij via een lange en moeizame weg tot een bewijsvoering te komen. En voor die lange moeizame weg voelde hij niets. Dit moest lukken.

Hij keek naar de rug van Vledder tegen de wand. Met toestemming van grootmeester Vidocq had hij door de technische dienst van het hoofdbureau in de houten scheidingswand tussen het kleine vertrek en de meditatiekamer een paar kijkgaatjes laten boren. Hoewel op zijn verzoek het licht in de meditatiekamer sterk was gedimd, kon door die gaatjes de gehele meditatiekamer duidelijk worden overzien.

De Cock stond op en tuurde naast Vledder door een van de kijkgaatjes. Ongeveer aan het einde van de meditatiekamer zat Theodorus Termunten in een van de leren fauteuils. De grijze

speurder glimlachte. De laatste tempelier van de broederschap leek volkomen op zijn gemak.
De Cock had zich opnieuw verzekerd van de hulp van zijn trouwe collega's Fred Prins en Appie Keizer. Door de jaren heen waren zij bereid om hem in moeilijke momenten bij te staan. Hij had Appie Keizer ditmaal verboden om zich in zijn outfit van een in lompen gehulde oude zwerver te vertonen. De statige Vrijheidslaan leek hem als decor voor die uitmonstering niet zo geschikt.
De Cock keek op zijn horloge. Nog vijf minuten scheidde hem van het tijdstip waarop de dader de tempel zou moeten betreden om Theodorus Termunten te ontmoeten. Via zijn mobilofoon riep hij Appie Keizer op.
'Zie je al iets? Over.'
De mobilofoon kraakte.
'Nee. Tenminste niets verdachts. Over.'
'Het moet nu wel gauw gebeuren. Over.'
'Ik weet niet van welke kant hij of zij komt. Kun je daarover geen aanwijzing geven? Over.'
'Nee. Hou de tempeldeur maar in de gaten. Waarschuw als iemand naar binnen gaat. Over.'
'Doe ik. Over.'
Vledder keek hem van opzij aan.
'Waarom heb je Fred Prins hier ergens in de tempel geposteerd?'
De Cock spreidde zijn handen.
'De tempel heeft nog een tweede in- en uitgang aan de achterzijde. Ik weet niet of dat bij de dader bekend is. Ik wil niet het risico lopen dat zij ons op het laatste nippertje nog ontglipt.'
Vledder staarde hem aan.
'*Zij?*'
De Cock knikte traag.
'Zij.'
'Jij weet wie de moorden pleegde?'
De Cock knikte opnieuw.
'Sinds het bloemetje.'
Vledder reageerde verward.
'Wat is er met het bloemetje?'

De Cock zuchtte. Het leek hem geen goed moment voor een uitleg.
'Wacht maar af,' reageerde hij simpel.
De mobilofoon kraakte opnieuw en Appie Keizer meldde zich.
'Er gaat een *vrouw* de tempel binnen. Over.'
In zijn stem trilde ongeloof.
'Het is goed. Zorg er in ieder geval voor dat ze er niet meer uitkomt. Over.'
De Cock tuurde opnieuw door zijn kijkgaatje. Ineens voelde hij de spanning in zich opkomen. Het trilde in de toppen van zijn vingers. Zijn hartslag versnelde. In zijn hals klopte een ader onstuimig.
Ineens liep een vrouw hun gezichtsveld in.
Vledder wilde onmiddellijk naar de deur van het kleine vertrek.
De Cock hield hem tegen.
'Blijf kijken,' siste hij in zijn oor.
De oude speurder voelde hoe het lichaam van zijn jonge collega trilde.
'Blijf kijken,' siste hij nogmaals.
De Cock was bang dat hij de scène zou verstoren.
Vledder snikte.
'Ze vermoordt hem. Ze...'
Hij stokte.
Uit de rechtermouw van de mantel van de vrouw gleed een ponjaard. Ze hief haar gehandschoende rechterhand op en stak in een wild gebaar het wapen in de rug van de laatste tempelier.
Vledder gilde. De jonge rechercheur was zijn emoties niet meer de baas. Hij rukte zich van De Cock los en rende het kleine vertrek uit.
Door het kijkgaatje zag de oude rechercheur hoe Vledder de vrouw overmeesterde. Pas daarna liep hij kalm naar de meditatiekamer.
Vledder staarde hem verbijsterd aan.
'Het is... eh, het is Vera de Koning,' stamelde hij.
De Cock knikte gelaten. Hij wierp een schuinse blik op de jonge vrouw.
'Vera de Koning,' herhaalde hij mat.

Appie Keizer en Fred Prins stormden bijna gelijktijdig de meditatiekamer binnen.
Vledder gaf zijn arrestant aan Fred Prins over. Dreigend liep hij op De Cock af.
'Je liet het toe,' gilde hij. 'Jij liet het toe.' Hij wees naar het lichaam van Theodorus Termunten met de Ponjaard van het Kruis in zijn rug. 'Jij... jij... jij liet die oude man sterven.'
De Cock glimlachte. De woede van de jonge rechercheur amuseerde hem. Hij keek omhoog naar het plafond.
'Alfredo,' riep hij luid, 'laat hem opstaan.'
Tot verbijstering van Vera de Koning en de rechercheurs kwam de laatste tempelier omhoog, rustte even op zijn knieën en stond daarna rechtop.
De Cock liep op hem toe en trok de ponjaard uit zijn rug. Daarna tilde hij een grijze, bijna zilverwitte pruik van zijn hoofd.
Vledder keek met grote ogen toe. Zijn mond zakte open.
'Het is een pop.'

16

De ding-dong in de gang dreunde nog een beetje na. De Cock deed de deur van zijn woning open. Voor hem op de stoep stond Vledder.
De jonge rechercheur glimlachte wat verlegen. In zijn linkerhand bungelde een fraai boeket herfstbloemen in een overdaad aan melancholieke kleuren.
'Voor je vrouw,' legde hij uit. 'Schenk bloemen van het jaargetijde. Dat heb ik nog van Edmay geleerd.'
De Cock deed een stap opzij.
'Kom binnen.'
Vledder liep de gang in.
'Zijn de anderen er al?'
De Cock knikte.
'Appie Keizer en Fred Prins zitten bij mijn vrouw en voeren het hoogste woord.'
Ze stapten de woonkamer in. Mevrouw De Cock kwam onmiddellijk overeind en schudde Vledder ter begroeting de hand. Met een gebaar van verrukking nam ze het fraaie boeket bloemen in ontvangst.
'Wat mooi. Prachtige herfsttinten.'
Ze wuifde uitnodigend naar een diepe fauteuil.
'Ga zitten,' riep ze vrolijk. 'Mijn man was benieuwd of je wel zou komen.'
Vledder grinnikte.
'Is hij schuldbewust?'
'Hoezo?'
'Hij heeft mij de schrik van mijn leven bezorgd.'
Ze keek hem verbaasd aan.
'Schrik?'
Vledder knikte.
'Hij liet onder mijn ogen een man vermoorden.'
De Cock maakte een afwerend gebaar.

’Ik dacht,’ sprak verontschuldigend, ’dat je mij na al die jaren beter kende. Ik zou nooit vrijwillig toestaan dat iemand in mijn aanwezigheid werd omgebracht.’
Vledder zuchtte diep.
’Het leek beslist of het gebeurde,’ sprak hij hoofdknikkend. ’Als je mij vooraf had verteld dat de tempelier in de meditatiekamer niet echt was maar een pop, dan had je mij een doodschrik bespaard.’
De Cock gniffelde.
’Ik wilde je verrassen. Het was, vond ik, een heerlijk gezicht om Theodorus Termunten uit de dood te zien opstaan. Ik heb van dat moment oprecht genoten.’
Fred Prins boog zich naar voren.
’Hoe kwam je op het idee. En waarom dat alles? Je hebt Appie Keizer en mij ook niets van die pop verteld.’
Appie Keizer knikte.
’En we wisten niet dat de dader een vrouw was.’
De Cock lachte. De verwarring onder zijn collega’s maakte hem vrolijk. Hij pakte de fles cognac Napoleon, die hij speciaal voor dergelijke gelegenheden in voorraad hield, en vulde ruim de bodem van diepbolle, voorverwarmde glazen. Hij reikte die zijn vrienden aan. Daarna hield hij zijn glas omhoog.
’Een toost, een toost op de ongewisheid van dit aardse leven, en van dat van één rechercheur in het bijzonder.’
Fred Prins schonk hem een blik vol onbegrip.
’Wat was er zo ongewis aan deze zaak?’
De Cock nam een slok van zijn cognac.
’Onmiddellijk na de moord op Antonie de Lavaterne kwam het verlangen in mij op om zijn secretaresse te verhoren. Maar of de duivel ermee speelde, er kwam steeds iets tussen. Als ik ondanks alles gehoor had gegeven aan mijn impuls, dan had ik wellicht mensenlevens kunnen sparen.’
’Was haar verklaring zo belangrijk?’
De Cock knikte.
’Ze vertelde ons dat Antonie de Lavaterne op de avond van zijn dood met achtentwintig rode rozen de IJsselsteinse Bank had verlaten.’

Appie Keizer gebaarde.
'Een bloemetje voor zijn vrouw.'
De Cock schudde zijn hoofd.
'Het huwelijk van Antonie de Lavaterne was ronduit slecht. Ze vertrouwden elkaar niet. Hij nam nooit bloemen voor haar mee.'
De grijze speurder glimlachte fijntjes.
'Waarom ging hij nu wel met een bloemetje op pad? Omdat hij een afspraak had met een vrouw, een vrouw die hij achtentwintig rozen wilde schenken.'
De Cock maakte een hulpeloos gebaar.
'Van de vrouwen die in dit drama een rol speelden, was er één achtentwintig jaar... Vera de Koning.'
De Cock zweeg even.
'Vanaf dat moment werd mij veel duidelijk. Ik verwijt mijzelf dat ik te weinig aandacht heb geschonken aan de opmerking van dokter Den Koninghe dat de dader van de moord op Antonie de Lavaterne kleiner moest zijn dan het slachtoffer. Hij baseerde dat op de horizontale stand van de ponjaard in de rug van Antonie de Lavaterne.'
Vledder snoof.
'Vera de Koning was kleiner.'
De Cock knikte
'Ze was kleiner dan al haar slachtoffers. Had zij een motief?'
De Cock knikte opnieuw.
'Ik heb haar vanmiddag uitgebreid verhoord. Ze was voor mij een gemakkelijke verdachte. Ze bekende onmiddellijk en gaf ook toe dat ze de laatste tempelier zou hebben vermoord als ze daartoe de kans had gekregen.'
'Vanwaar die haat?'
De Cock gebaarde in de richting van Vledder.
'Gajus de Koning,' ging hij vertellend verder, 'haar vader, was een schatrijk man. Door zijn donaties was hij al spoedig een prominent lid van de Broederschap van het Kruis. Hij stelde zelfs zijn kapitaal pand aan de Herengracht beschikbaar voor bijeenkomsten van de broederschap.
Vera de Koning was nog een kind toen haar vader lid werd. Ze

groeide als het ware met de broederschap op. Vrijwel alle leden kenden en vertroetelden haar. Vera de Koning wist ook alles van het genootschap, de constructie, de gebruiken, zeden en gewoonten.
Ze bezat als geschenk van de grootmeester zelfs een sleutel van de tempel aan de Vrijheidslaan en kende de geheime sluiting van de kast in het grachtenhuis. De kast waarin de annalen van de broederschap werden bewaard. Ze was er als kind dikwijls getuige van dat de kast werd geopend. In die kast werden ook de ponjaards bewaard die aan een nieuw lid bij zijn aanstelling werd geschonken.'
Vledder schudde verbijsterd zijn hoofd.
'Ze kon dus vrijelijk over Ponjaards van het Kruis beschikken.'
De Cock knikte.
'Na de dood van haar moeder, ontwikkelden zich bij haar vader pedofiele neigingen. Hij begon jongens van tien, twaalf jaar mee naar huis te nemen. Vera betrapte haar vader een keer op een moment dat hij met zo'n jongen naakt onder de douche stond.'
De Cock nam nog een slok van zijn cognac.
'Op een dag,' ging hij somber verder, 'meldde een spion van tempelier De Lavaterne dat Gajus de Koning een pedofiel was. De Lavaterne, die Gajus de Koning middels zijn bankzaken heel goed kende, bouwde zijn kennis verder uit. Hij verkreeg via zijn spionnen verklaringen van jongens die door Gajus de Koning seksueel waren misbruikt.'
Vledder hijgde.
'Chantage.
De Cock knikte.
'Antonie de Lavaterne ging zo ver met zijn chantagepraktijken jegens Gajus de Koning dat de tempelier Henry Cooperbrander hem daarover verwijten maakte. Cooperbrander haatte de praktijken van Antonie de Lavaterne. De ruzie tussen de twee tempeliers liep zo hoog op, dat ze elkaar op den duur naar het leven stonden.
Toen Vera de Koning wat ouder werd, kwam ze erachter dat haar vader door de tempeliers werd gechanteerd. Toen haar va-

der stierf, betrok ze haar huisje in het Gooi en zwoer de broederschap af. Ze meende dat het kapitale pand aan de Herengracht nog wel haar eigendom was. Ze bood het zelfs te koop aan.
Toen ze bemerkte dat het hele vermogen van haar vader naar de Broederschap van het Kruis was weggesluisd en ook het pand aan de Herengracht aan het genootschap toebehoorde, besloot ze wraak te nemen.'
Fred Prins knikte.
'Dat kan ik mij voorstellen.'
De Cock zuchtte.
'Ze maakte een afspraak met Antonie de Lavaterne in het pand aan de Herengracht en smeekte hem daar om het huis, waar ze haar hele leven had gewoond en waaraan zij dierbare herinneringen bewaarde, weer aan haar terug te geven. Antonie de Lavaterne weigerde.'
Vledder knikte.
'Het werd zijn dood.'
De Cock stak zijn beide handen naar voren.
'Dat was het begin. Heel handig zorgde ze ervoor dat onze aandacht na de dood van Antonie de Lavaterne volledig op de broederschap werd gericht.'
Vledder boog zich iets naar voren.
'Wist de tempelier Andreas van Aerdenburg werkelijk dat Vera de Koning de moorden had gepleegd?'
De Cock knikte.
'Dat wist ook Henry Cooperbrander. Ze had beide tempeliers benaderd met hetzelfde verzoek dat ze aan Antonie de Lavaterne deed.'
Vledder glimlachte
'Geef mij mijn pand aan de Herengracht terug.'
'Precies. Toen Andreas van Aerdenburg de telefoon pakte en Theodorus Termunten belde voor beraad, besefte ze plotseling dat ze groot gevaar liep om ontmaskerd te worden. Op dat moment stak ze toe. In de meditatiekamer hebben we gezien hoe dat ging.'
Appie Keizer zwaaide.

'Ik wil weten hoe je op het idee van die pop kwam?'
De Cock lachte.
'Sinds mijn onderzoek naar de moord op een clown* ken ik veel variétéartiesten, ook Don Alfredo, een vermaard poppenspeler, een man die zijn eigen poppen maakt en ze op een ingenieuze manier tot leven brengt.
Ik wilde het leven van de laatste tempelier van de broederschap niet in gevaar brengen en toch wilde ik hem als lokaas gebruiken. Ik kende geen locatie waar ik hem volledige bescherming kon bieden.'
De grijze speurder maakte een weids gebaar.
'Toen dacht ik aan Don Alfredo.'
'De poppenspeler.'
De Cock knikte.
'Door in de meditatiekamer een van de lampen uit het plafond te nemen, kon Don Alfredo zijn pop bedienen. Theodorus Termunten was met zijn sandalen, zijn indrukwekkend gewaad en lange zilvergrijze haren een figuur die vrij gemakkelijk te imiteren was.
Don Alfredo wilde voor zijn werk niets hebben. Hij vroeg alleen of hij de pop een keer in een voorstelling mocht gebruiken. Theodorus Termunten had geen bezwaar.'
De Cock zuchtte. Hij liet zich in zijn fauteuil terugzakken.
De lange uiteenzetting had hem vermoeid.
Appie Keizer vroeg zijn aandacht.
'Kan die Vera de Koning ook van de moord op de laatste tempelier worden beschuldigd?'
De Cock glimlachte.
'Zijn drie moorden niet genoeg?'
De grijze speurder pakte de fles cognac en schonk nog eens in.
Daarna zakte hij opnieuw in zijn fauteuil terug. Met een gevoel van voldoening nipte hij aan zijn tweede glas cognac.
Mevrouw De Cock verdween naar de keuken. Ze kwam terug met schalen vol lekkernijen en liep presenterend rond.
Hoewel de truc met de pop nog lange tijd onderwerp van ge-

* Zie: *De Cock en de dood van een clown*

sprek bleef, raakte de gewelddadige dood van de tempeliers wat op de achtergrond.

Het was al vrij laat toen de laatste gasten vertrokken. De Cock nam zijn derde glas cognac. Zijn vrouw schoof een poef bij en ging pal tegenover hem zitten.
'Ze hebben het vanavond niet gevraagd,' sprak ze liefjes, 'maar hoe zat het met die wijdopen deur van de villa in Naarden?'
De Cock glimlachte.
'Je had rechercheur moeten worden. Scherpzinnige vrouwen zoals jij kunnen we best gebruiken.'
Ze schudde haar hoofd.
'Hoe zat het met die deur?'
De Cock zette zijn glas op een bijzettafeltje.
'Zoals ik al vermoedde, zag Robert Finken iemand uit de villa van Cooperbrander komen. Het was Vera de Koning. Nieuwsgierig ging Robert Finken via die wijdopen deur de villa binnen en vond de vermoorde tempelier.
Zijn genegenheid voor zijn ex-vrouw was nog zo groot, dat hij zelfs na zijn arrestatie verzweeg wat hij had gezien.'
Mevrouw De Cock keek vertederd naar haar man op.
'Ik ken dat, oude liefde roest niet.'

De volgende boeken van Baantjer zijn bij de Fontein verschenen:

1	1963	De Cock en een strop voor Bobby
2	1965	De Cock en de wurger op zondag
3	1965	De Cock en het lijk in de kerstnacht
4	1967	De Cock en de moord op Anna Bentveld
5	1967	De Cock en het sombere naakt
6	1968	De Cock en de dode harlekijn
7	1969	De Cock en de treurende kater
8	1970	De Cock en de ontgoochelde dode
9	1971	De Cock en de zorgvuldige moordenaar
10	1972	De Cock en de romance in moord
11	1972	De Cock en de stervende wandelaar
12	1973	De Cock en het lijk aan de kerkmuur
13	1974	De Cock en de dansende dood
14	1978	De Cock en de naakte juffer
15	1979	De Cock en de broeders van de zachte dood
16	1980	De Cock en het dodelijk akkoord
17	1981	De Cock en de moord in seance
18	1982	De Cock en de moord in extase
19	1982	De Cock en de smekende dood
20	1983	De Cock en de ganzen van de dood
21	1983	De Cock en de moord op melodie
22	1984	De Cock en de dood van een clown
23	1984	De Cock en een variant op moord
24	1985	De Cock en moord op termijn
25	1985	De Cock en moord op de Bloedberg
26	1986	De Cock en de dode minnaars
27	1987	De Cock en het masker van de dood
28	1987	De Cock en het lijk op retour
29	1988	De Cock en moord in brons
30	1988	De Cock en een dodelijke dreiging
31	1989	De Cock en moord eerste klasse
32	1989	De Cock en de bloedwraak
33	1990	De Cock en moord à la carte
34	1990	De Cock en moord in beeld
35	1991	De Cock en danse macabre
36	1992	De Cock en een duivels komplot
37	1991	De Cock en de ontluisterende dood
38	1992	De Cock en het duel in de nacht
39	1993	De Cock en de dood van een profeet
40	1993	De Cock en kogels voor een bruid
41	1994	De Cock en de dode meesters
42	1994	De Cock en de sluimerende dood
43	1995	De Cock en 't wassend kwaad
44	1995	De Cock en het roodzijden nachthemd
45	1996	De Cock en moord bij maanlicht
46	1996	De Cock en de geur van rottend hout
47	1997	De Cock en een dodelijk rendez-vous
48	1997	De Cock en tranen aan de Leie
49	1998	De Cock en het lijk op drift
50	1998	De Cock en de onsterfelijke dood
51	1999	De Cock en de dood in antiek
52	1999	De Cock en een deal met de duivel
53	2000	De Cock en dood door hamerslag
54	2000	De Cock en de dwaze maagden
55	2001	De Cock en de dode tempeliers

Andere titels van Baantjer:
Rechercheur Versteegh en de dertien katten
Misdaad in het verleden
Een Amsterdamse rechercheur
Rechercheur Baantjer van Bureau Warmoesstraat vertelt, deel 1 t/m 10

Verkrijgbaar bij de boekhandel